「あれが欲しいです」
「どれもいいではないか」

「竜帝様、この薬師を
専属薬師から外して下さいませ」
「……わかった。」
ばっ、と今度こそ沙羅は顔を上げた。

「三ヶ月だけだ。
沙羅を専属薬師から外す。
わたしの薬は
他の者に調合させるように。」

唇同士がそっと触れ合う。
ふわりと体が浮き上がるような心地がした。
黒竜の上にいる時のような、
温かく柔らかな物に
包み込まれているような気持ちになる。
そして、竜帝から沙羅へと
何かが注ぎ込まれたような感覚がした。
竜気だ、と沙羅は思った。
それはお腹の辺りでぐるぐると渦巻き、
じんわりと沙羅の体に馴染んでいく。

藤浪保　著

The dragon emperor's

竜帝さまの専属薬師

The dragon emperor's personal pharmacist

personal pharmacist

鶏にく　画

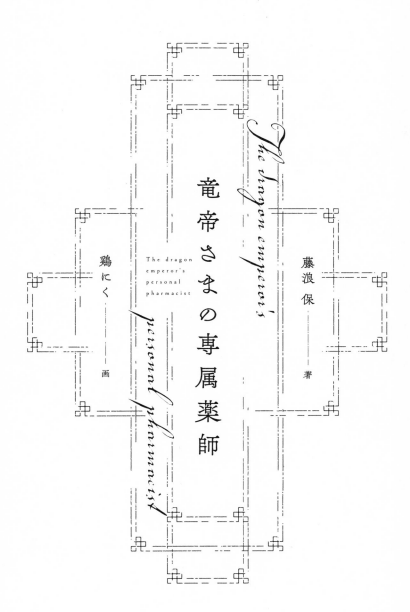

目次

序章　りゅーてーさまとのやくそく

「りゅーてーさま、りゅーてーさま、きれいなお花を見つけたの」

「また勝手に薬草園に行ったのか」

「だってね、これはね、りゅーてーさまをお守りするためのお花なんだよ」

「薬は毒にもなる。近づくなと言われただろう」

「お母さんにはひみつにして！」

「駄目だ。悪い子にはお仕置きが必要だ」

「りゅーてーさまのばかっ！」

「……このわたしにそんな口を利《き》くのはお前だけだよ、沙羅《さら》」

「やった！　さらだけ！　とくべつ！」

「りゅーてーさま、りゅーてーさま、おせなかにのせてください」

「沙羅、お前は本当に空が好きだな」

「うん、さら、りゅーてーさまのおせなかすき！」

「背中ではなくて空と言ったのだが。まあいい。隣の山までだぞ」

「わぁい！」


「沙羅、ここにいたのか」

「りゅーてーさまあぁぁぁぁっ、うえぇっ、ふえぇぇぇ」

「一人で山には入ってはいけないと言われただろう」

「だってぇっ、だってね……ぐずっ……お母さんが、りゅーてーさまのおくすりが、少なくなったって……うえぇっ……言うからぁぁぁぁっ」

「大丈夫だ、沙羅。心配しなくても筆頭薬師《くすし》がわたしの薬を切らすわけがない。全くどうやってここまで来たんだ」

「うぐっ……さらが、さらがりゅーてーさまをっ、お守りする、んだもん」

「そうだな。もう少し大きくなったら頼むぞ」


「りゅーてーさま、りゅーてーさま、およめさんをさがしてるってほんとう？」

「ああそうだ。ずっと昔に約束したのだ。この国を守る代わりに嫁を貰《もら》うと。やがて生まれる魂の片割れをわたしは心待ちにしている」

「かたわれってなあに？」

「わたしの唯一無二の存在だ」

「ゆいいつむにってなあに？」

「一番特別という意味だ」

「りゅーてーさまは、前にさらのことをとくべつだって言ってた！」

「沙羅と番《つがい》になったら、毎日さぞかし賑《にぎ》やかになるだろうな」

「つがいってなあに？」

「結婚するという意味だ」

「かたわれだとけっこんするの？」

「そうだ」

「じゃあ、さらがりゅーてーさまのかたわれになってあげる！」

「沙羅が大きくなったら考えよう」

「ぜったいだよ！　やくそく！」

「約束だ」

第1章

花嫁選定の儀

嘘《うそ》つき。

玉座の側《そば》で目立たぬように控えていた白沙羅《はくさら》は、この場所に不釣り合いなほど豪奢《ごうしゃ》な椅《い》子《す》に腰掛ける男の横顔を睨《にら》んだ。

きりりとした顔立ちをしていて、黒く真《ま》っ直《す》ぐな髪は腰まである。上衣下裳《じょういかしょう》の色は皇帝を表す黒と黄だ。十年以上前から見続けているが、その美貌《びぼう》が衰えることはない。御年《おんとし》二百八十二歳。

竜帝ログアディトゥシュサリス。その名の通り正体は竜である。この国、花炎国《かえんこく》は百七十年前から竜が治めている。

竜帝の金の双眸《そうぼう》は、色とりどりの襦裙《じゅくん》を着た大勢のうら若き女性たちを眺めている。伏している彼女らは全員十六歳だった。

ここは普段は演習場として使われている広場。宮廷の中で最も広い場所だ。正確に真四角に切り出された石が一面に敷き詰められている。

竜帝はその広場を見下ろす一段も二段も高い場所に座していた。いつもは演習や武闘会を見物するための席だ。じりじりと照りつく日差しを天蓋《てんがい》が防いでいる。

「面《おもて》を上げよ」

竜帝のよく響く低い声に従って、彼女らは一斉に顔を上げた。美人もいれば平凡な顔立ちの娘もいる。高級な服を着ている者もいれば平服の者もいた。同じなのはみなそれぞれの精一杯で着飾っているところだ。

そばかすの浮いた平民の娘ならともかく、高貴な家の姫ならば、このように日よけのない太陽の下にさらされるなど初めての経験かもしれないが、竜帝を前に不平不満を言う者はいようもなかった。

竜帝は彼女らの顔を一人ひとり順に確かめていった。

鋭い眼光で見つめられた女性たちはみなその威光《いこう》にあてられて顔を青ざめさせる。中には無礼にも顔を伏せてしまう者、震えて気を失いそうになる者もいた。

竜帝は時間をかけて全ての女性に視点を合わせた後、傍らに控える冢宰《ちょうさい》に何事かを告げ、その場を後にした。

無表情で天蓋の下から出て行く竜帝の様子からして、今回も該当の女性はいなかったのだろう。

娘たちを移動させるよう差配する冢宰の顔は沙羅からは見えなかったが、竜帝と同様に気落ちしているに違いない。

沙羅はお付きの者に混ざって竜帝の後を追った。

広い宮廷の敷地の中、いくつもの建物の横を竜帝はただ黙々と歩いていく。

ついに執務室に戻るまで、竜帝は一言も口を利《き》かなかった。

女官たちに続いて部屋に入った沙羅は、扉の横に立った。

女官たちが長椅子に座った竜帝に扇の風を送る。別の女官が入室してきて、竜帝の前に貴重な氷を使った冷たい飲み物が用意された。

とそこへ、先ほどの冢宰――朴清伽《ぼくせいか》が入って来た。黒く長い髪を肩口の所で結《ゆ》っている美丈夫で、一官吏《かんり》として入宮しながらも若くして冢宰にまで上り詰めた天才だ。

清伽がさっと手を振ると、女官たちは一礼して退室していった。

重い扉が閉じられれば、室内には竜帝と清伽、そして沙羅だけが残った。

「沙羅、こちらへ」

竜帝に呼ばれて、沙羅は竜帝へと歩み寄ると、そのまま促《うなが》されて長椅子に座った。

「またいなかった」

竜帝はため息交じりに言うと、女官が置いていった扇を自ら手に取り、沙羅にも風が当たるように煽《あお》ぎ始めた。

「なかなか見つかりませんね」

そう返すのは清伽だ。

五日間にわたって行われたこの行事も今日で最後だ。毎年繰り返されているが、いまだに目当ての女性は見つからない。

「本当にわかるものなんですか、花嫁様って」

加わったのは沙羅だった。竜帝の隣に座っているのにもかかわらず畏《かしこ》まる様子は見せず、竜帝の許しもなく発言をしている。

だが、竜帝も清伽も咎《とが》めない。これはいつものことだからだ。

「一目でわかると聞いている。同じ魂を持つのだ。惹《ひ》かれ合うに決まっている」

「一目惚《ぼ》れとは違うんですか」

「違う」

「国外にいるんじゃないですか」

「引かれ合うと言っただろう。ここに来るはずだ」

沙羅とだけではなく、幾人とも何度も繰り返された問答。竜帝の答えはいつも同じだった。

二百年ほど前、隣国の果氷国《かひょうこく》の侵略の危機にあったこの国の皇帝は、天に届くかという高峰へと天界より降り立った竜に、助けを求めた。

竜は必死に懇願する皇帝に応《こた》えて果氷国の軍勢を退《しりぞ》けたが、それには一つだけ条件をつけていた。

やがて生まれる娘を花嫁として貰《もら》い受けると。

そして、皇帝に自らの魂を半分に割って飲ませた。

竜の魂の片方を魂に宿らせて生まれた女性は、言葉通りその竜の魂の片割れであり、互いに唯一無二の存在となる。

皇帝は竜との盟約のために子作りに励《はげ》んだ。

だが、一向に片割れは生まれなかった。

皇帝の一族はそれからも、竜の片割れを産むために血族を増やしていった。

その結果、もはや誰が初めに竜の魂を飲み込んだ皇帝の子孫なのかわからなくなり、国中の民にその血が流れている、と冗談交じりに言われるほどになった。

今でも花炎国は子沢山《こだくさん》な家が多い。

たとえ竜帝が花嫁を見つけ損なったとしても、魂は流転《るてん》し、必ず皇帝の血族の中から生まれてくるという。

こうして毎年一度、十六歳――魂が成熟して竜気を発するようになるらしい――になった娘を国中から集めて竜が確認するという、「花嫁選定の儀」が行われるようになった。

竜が「竜帝」として国を治めるようになったのは、その後のことだ。

竜の魂を与えられた皇帝の十代後の皇帝が、いたずらに民を虐殺する暴君だったため、せっかく守った国を滅茶苦茶《めちゃくちゃ》にされて堪《たま》るか、と竜が激怒した結果だった。

疲弊《ひへい》していた民は、暴君を粛正《しゅくせい》した竜を、皇帝へと押し上げた。

――と、沙羅は聞いている。

巷《ちまた》では、竜の血を飲んだ皇帝が不死となって相手の軍隊を全滅させただの、竜帝は実は魑魅魍魎《ちみもうりょう》の類《たぐい》だの、様々な眉唾《まゆつば》ものの話がある。

かつての皇帝と竜が盟約を交わしてから二百年、竜帝が統治を始めてから百七十年近くもたっており、もはや当時の生き証人はいないのだ。たとえ記録が単なるおとぎ話であっても、竜帝が嘘を言っていたとしても、誰も反論はできない。

唯一真実と確信できるのは、竜帝が間違いなく竜であることと、その片割れを探しているということだ。

片割れを探しているのは、当の本人が真剣なのだから間違いない。政治にはあまり口を出さない竜帝だったが、「花嫁選定の儀」だけは絶対に譲らなかった。

過去に一度、自分で探しに行くと言って竜帝自らが探しに出たことがある。しかし竜の時間の感覚は人間のそれとは異なり、宮廷に帰ってきた時には十年もの年月《としつき》が経過していて、朝廷は様変わりしていた。

不在の間のたった十年間で腐敗の沼に沈んだ政治を引き上げて以来、竜帝は宮廷で花嫁を待つようになった。惹かれ合い、引かれ合うならばやがて訪れると信じて。

そして、正体が竜であるというのは、二百年たっても見た目が変わらないという摩訶《まか》不思議な現象からもわかるのだが――。

「そんなことより、竜帝さま」

「そんなことより……」

沙羅は竜帝の二百年積もりに積もった嘆《なげ》きを切って捨てた。

「切立花《きりたちばな》を採りに行くので乗せて下さい。今お時間ありますよね？」

「何も今でなくてもいいだろう」

「そろそろ運動した方がいいですよ」

「それはそうなのだが」

確かに、花嫁選定の儀の時間を取るために、竜帝はこのところ執務を詰め込みすぎたきらいはある。

そして他でもない沙羅の言葉だからこそ、改めなければ、という気持ちが起こった。

「私、竜帝さまのお背中に乗るのが好きです」

「……仕方がないな」

沙羅がにこりと笑うと、竜帝は呆《あき》れたように、しかし満更《まんざら》でもない顔で首を振ると、長椅子から立ち上がった。竜帝は沙羅のこの言葉に弱いのだ。

沙羅は竜帝と共に部屋を出た。清伽も後ろからついてくる。

「少し出てくる」

部屋の扉を守る衛兵に一言告げて、竜帝はずんずんと廊下を歩いていく。

行き合った官吏や女官は脇によけて平伏していた。

清伽がその一人に梯子《はしご》を用意するようにと指示を出す。

梯子を持った官吏が追いついてくると、それを見た官吏や女官たちは竜帝がどこへ行こうとしているのかを察し、平伏して竜帝を通すだけでなく、見送るためにその後に続くようになった。

ずらずらと仕える者たちを引き連れて中庭に出た竜帝は、一人中央にまで足を進めると、立ち止まった。

同時に竜帝の姿がぼんやりと歪《ゆが》む。

と、次の瞬間には、その場には黒い鱗《うろこ》を持つ竜がいた。

この光景を見せられては、竜帝の正体が竜であることを疑う余地はない。

おぉぉ、と周囲を囲んで膝《ひざ》を落としていた人の中から感嘆《かんたん》の声が上がった。

新任の官吏だろうか。竜帝が竜に転じるのを初めて目撃したのだろう。

無礼ではあるが、それも致し方ない。竜帝が竜になるところは何度見ても不思議な光景なのだ。

「失礼します」

沙羅は黒竜の前に進み出て立礼した。

「許す」

口を閉じた黒竜から発せられたのは、低く、鐘《かね》のような響きがある不思議な声だった。

柔らかい布の巻かれた梯子が、黒竜の首の横に立て掛けられる。

沙羅は慣れた手つきでそれを上り、黒竜の背に乗った。長い首の付け根にそっと両手で触れる。

梯子が外された。

「落ちるなよ」

「落ちたら拾って下さいね」

黒竜と沙羅が一言ずつ言葉を交わすと、黒竜はばさりと翼を広げ、空へと浮かび上がった。巨体が地を離れるというのに、そよ風ほどの風も起きない。

ふわりとした柔らかな物で覆われているような感覚が沙羅を包んだ。

何の支えもつかまる所もないのに、黒竜が空を飛ぶのと同じような原理なのか、沙羅がつるつるとした鱗を滑り落ちることはない。

「みな、留守を頼んだぞ」

黒竜が人々の頭上すれすれをぐるぐると回りながら声をかける。

「お早いお帰りをお待ちしております」

先頭にいる清伽が代表して言えば、官吏たちは一斉に平伏した。

黒竜の頭が、切立花の生育地へと向いた。

翼を動かすたびに、高度が上がっていく。

帝都の建物の上を飛べば、人々は黒竜に対して頭《こうべ》を垂れた。まだ礼儀を知らない小さな子どもが指を差して笑っている。

「頭を出すな。落ちるぞ」

地上を眺めていた沙羅は言われて首を引っ込めた。

黒竜《りゅうてい》の背中に乗る娘。特別視されないわけがない。その姿はあまり人々に見せない方がいいのだ。顔さえ出さなければ上に誰かが騎乗しているとはわからない。

それは宮廷でも同じことなのだが、竜帝が咎めないため、沙羅は竜帝に対して気安い態度を取り続けていた。沙羅はほんの六歳の頃に竜帝に拝謁《はいえつ》してからというもの、竜帝におんぶや抱っこをせがんだり、黒竜の背に乗って大はしゃぎしてきたのだ。

古参の官吏たちはもはや竜帝を諌《いさ》めるのを諦《あきら》めていたし、若い女官たちには、沙羅の筆頭専属薬師という地位が牽制《けんせい》となっていた。竜帝に騎乗するという非常識な行動も、沙羅が竜帝のための薬草を採りに行くのだと言えば、納得する他ない。

――あくまでも表面的にはだが。

そう、沙羅は筆頭専属薬師だ。

白家は代々宮廷の薬師を務めている。

宮廷にいる官吏や兵士のための薬も調合するが、その最も大切なお役目は、竜帝の健康を守ることと、竜帝の片割れ探しの手助けだった。

沙羅の肩書に「筆頭」とついているのは、宮廷全体を看《み》る専属薬師の中で、後宮で竜帝のためだけに在ることを示している。

年上の薬師は他にもいるが、彼らは後宮には入れない。後宮で暮らす竜帝のために、後宮に出入りできる若い女性が筆頭となるのが習わしだった。

具体的には、竜帝が片割れの魂を感じる力を鋭敏にする薬や、滋養強壮薬《じようきようそう》、後宮にいる女性たち向けの子宝に恵まれる薬などを作っている。

なぜ精力剤や妊娠しやすくする薬が必要なのかといえば、竜は片割れとしか子どもを成せないからだ。逆にいえば、竜の子を産むことができれば、正しく片割れであるということになる。

竜帝は見ればわかると言っているが、白家——沙羅も含めて——はそれを鵜呑《うの》みにはしていなかった。万が一にも竜帝が見逃した場合、次に片割れが生まれてくるのはいつになるかわからない。代々竜帝に仕えていた白家としては、竜帝の片割れをなんとしてでも見つけたかった。

このたびの花嫁選定の儀に立ち会ったのも、白家の筆頭としてのお役目の一つだ。

そしてその肩書通り、沙羅の薬師としての腕は確かだった。薬草を育てるにしても、調合するにしても、先代の従姉《いとこ》から受け継いだ技以上のものを持っている。

特に薬草を選ぶ目はずば抜けていた。薬に最も適している状態の物が自然にわかるのだ。それは長い白家の歴史の中でも、随一ではないかと褒めそやされるほどだった。

「着いたぞ」

馬に乗って一刻かかる距離を、黒竜はあっという間に飛び終えた。

沙羅の眼前には、茶色い岩が剝《む》き出しになった絶壁がある。

その岩肌にしがみつくようにして、白い四枚の花弁《はなびら》の鬱金香《チューリップ》のような形をした花が咲いていた。切立花だ。

これを採るには、文字通りに切り立った岩壁を登り降りしなくてはならない。――通常なら。

「あれが欲しいです」

沙羅は開ききるわずかに手前の花を見分けると、右下の一株を指差した。

「どれでもいいではないか」

言いながら、竜帝が高度を下げ、体を寄せる。

「この状態の花が一番効くんです！」

「どれも同じに見える」

「全然違います」

沙羅は黒竜の背から目一杯身を乗り出した。背中から両手を離しても全く恐れはない。太ももで黒竜の体を締めつけているわけでもなく、ともすれば体勢を崩しそうにも見えるが、何かに支えられるように平衡を保っていた。

細い茎《くき》のちょうど真ん中辺りを指でつまんで手折《てお》ると、衝撃で花粉が舞った。さらに振って、花粉を風に飛ばす。これが次代の花に繋《つな》がるのだ。

沙羅は懐《ふところ》から常備している布袋を取り出すと、切立花を丁寧にしまった。

「次は……と」

同じ要領で、切立花を採っていく。

竜帝は沙羅の指示に従って崖の付近を飛び、すぐに必要な量が集まった。

「これでよし、と」

「もっと採ればいい」

「新鮮じゃないと薬効が落ちてしまうんです。竜帝さまに何かあった時のためのお薬ですから、量よりも質が大事なんだって、何度も言ってるじゃないですか」

竜帝には非効率に見えても、こればかりは譲れない。竜帝のために最高の薬を用意するのが沙羅の仕事なのだ。

「何かあったことなどない」

「魚の骨を喉《のど》に引っ掛けたりしてますよね」

「なっ、まだそれを言うか。あんなものは怪我《けが》とは言えない」

「怪我は怪我です。お薬使ったんですから」

沙羅はむきになった黒竜の首を優しく叩《たた》いた。

傷つかれるのは嫌だが、沙羅を必要としてくれるのは嬉《うれ》しい。

「用が足りたのなら帰るぞ」

ばさりと黒竜が羽ばたいて、帝都へと進路を取った。

振り返れば、見る間に崖が遠くなっていく。

沙羅は幼い頃から、黒竜の背中に乗って空を飛ぶのが大好きだった。

黒竜の背の上から見る緑は鮮やかで、湖面は光り輝き、遠くの山々の白い頂が眩《まぶ》しい。

世界はなんと美しいのだろうと思うのだ。

「このまま見つからなければいいのに……」

せめて自分が生きている間は。

「何か言ったか？」

「なんでもありません」

黒竜の背中でぽつりと漏らした本音を、沙羅はなかったことにした。

沙羅は、竜帝のことが――ログアディトゥシュサリスのことが好きだ。

幼い頃から大好きで、いつの頃からかそれが恋に変わった。もし運命の人というものがいるのだとしたら、それは竜帝のことだと思っていた。

だが――竜帝の魂の片割れは沙羅ではないのだ。

沙羅はもうすぐ二十になる。沙羅が花嫁だとすれば、竜帝はとっくに気がついているはずだった。

専属薬師の朝は早い。

沙羅が起きるのはまだ空が白み始める前だ。薬師見習いの時からの習慣だから、苦に思ったことはない。

寝台を下りて大きく伸びをすると、隣の部屋で寝起きする従妹《いとこ》の鳴伊《めい》を起こしに行った。

鳴伊は次代の筆頭専属薬師として、沙羅と共に後宮で暮らしている。

手早く着替えて白家の証《あかし》の根付けを帯につける。沙羅は瑪瑙《めのう》でできた筆頭専属薬師の証もつけた。

そして二人並んで顔を洗い、すぐに後宮の外にある薬草園へと向かった。

女官たちもまだ動き始めていない時分で、人影は各宮の前にいる衛兵くらいのものだ。しんと静まり返った早朝の澄んだ空気の中を歩いていると、わずかに残った眠気が抜けていき、頭が冴《さ》えていく。

沙羅はこの時間が嫌いではなかった。

柵に囲まれた薬草園に着けば、すでに他の専属薬師たちが来ていた。みなそれぞれ担当の薬草を世話している。後宮の外だから年配の薬師もいるし、男性もいる。鳴伊と同じくらいの年齢の少年もいた。

二人もその中に加わった。

沙羅たちには担当している草花はなく、全体を見て回りながら、その日に必要な薬草を採っていく。

「そうそう。その芽がついていない方を摘むの」

「姉様、これはこっちでいい？」

「それでもいいんだけど、それは明日までもつでしょう？　あっちが限界だから、今日はあっちを採ろうか」

鳴伊に指示を出しながら、摘んだ花や掘り出した根を竹で編んだ籠の中へと丁寧に入れていく。

この時間に採るのは朝摘みの薬草だ。種類によって採取に適した時間があり、昼や夜の分はまた採りに来る。

収穫だけではなく、水やりや肥料撒《ま》きや株分けなどの時間も決まっていて、専属薬師の中には一日中薬草園にいる者もいた。

一通りの世話を身につけるため、沙羅にも薬草園で一日を過ごした時期があった。

本来この土地では育たないはずの種類の薬草も多数ある。代々の専属薬師が苦心して栽培方法を編み出した結果だ。

切立花もなんとかならないかと、温度湿度その他を調整して研究している者もいるのだが、いまだ成功の兆《きざ》しはない。

「沙羅、ちょっと見てくれないかい？」

叔母《おば》に呼ばれた沙羅は、指し示された花の様子を確かめた。

「少し水が多かったのかも。ここのところ雨は少ないけど、曇りがちで湿度が高かったから」

「そうかい。気をつけるよ」

「姉ちゃん、俺のも見て！　どう？」

背の高い植物の向こうから手を大きく振ったのは、弟の呂宇《ろう》だった。今年から自分の担当する植物を割り当てられ、張り切っているのだ。こうして毎朝沙羅に確認してもらうのが日課となっていた。

「葉っぱの裏の色が薄くなってる気がするんだ」

「肥料が少し足りないみたいだけど、蕾《つぼみ》はちゃんと大きくなってきてるから、少し様子を見た方がいいかもしれない」

「本当に放っておいて大丈夫なの？」

「まだ平気だと思う。肥料が多すぎると葉っぱが焼けちゃうからね。明日また確認しよう」

「わかった」

不安そうにしていた呂宇がこくんと頷《うなず》いた。やんちゃになってきたが、沙羅の言うことだけはきちんと聞くのだ。

「沙羅はどうしてか植物の気持ちがわかるものなあ」

祖父の声がかかった。

「母さんの教えが厳しかったから」

「沙羅は物覚えが悪くて大変だったよ」

屈《かが》んでいた母親が腰を叩きながら体を起こして揶揄《やゆ》すると、周りの薬師たちが声を上げて笑った。


朝焼けが空を染める頃、必要な薬草を摘み終えた沙羅と鳴伊は、薬草園を出た。向かうのは後宮内の薬室だ。

「沙羅っ」

後宮に入る直前、声をかけられた。

「よかった。間に合った」

「香瀬兄《かせにい》？　どうしたの？」

従兄《いとこ》の香瀬だった。走ってきたのか、息を切らしている。

こんな早朝に何の用だろうか。

「薬草を貰おうと思って」

「わざわざ奥まで来たの？　宮廷の薬室で貰えばいいのに」

後宮に男は入れない。門を隔てた先は女の園《その》だ。国によっては男性機能を失わせた宦官《かんがん》がいることもあるらしいが、花炎国には存在しない。

内外は門番によって厳重に警備されており、沙羅が後宮内へ一歩足を踏み入れれば、香瀬が沙羅に会うことはできなくなる。

「生の薬草が必要なんだ」

「それなら薬草園に行けばいいじゃない」

「沙羅の薬草の方が品質がいいからな。この時間ならまだ外にいるかと思って」

「それで遠回り？　暇なの？」

「まさか。これから緊急開腹手術」

「ええ!?　ならなおさらここまで来ている場合じゃないじゃない！」

急病人が出て叩き起こされたのか。どうりで髪がはねているわけだ。

白家の者はみな一度は薬のことを学び、薬師となる。年頃になると宮廷に残るか市井《しせい》に降《くだ》るかを選び、さらに、そのまま薬の道を究めるか、医術に転向するかに分かれる。

もちろん中には薬や医術とは全く関係のない職業に就く者もいた。

香瀬は宮廷に残り、医術に転向した口だった。

「沙羅が持ってる薬草が一番効くからさ。お偉いさんだから失敗したくないんだ。それと景気づけ」

「景気づけ？　……手術で使う生の薬草って言ったらこれだよね」

沙羅は首を傾《かし》げながら麻酔効果のある薬草を渡した。

「助かる」

受け取った香瀬は、踵《きびす》を返して駆けていった。

その後ろ姿を見送った後、沙羅は門の横にある詰め所の窓口に向かう。

出て行く時は何も手続きはないが、後宮に入る時には記帳が必要だ。

それでも許可を得て証を持つ沙羅や鳴伊、白家の主《おも》だった女はまだいい方だ。女官や妃《ひ》嬪《ひん》は基本的に後宮から出ることはできないし、入る際には間違いなく女であることの検査だけでなく、隔離され妊婦でないことの確認を要する。記帳が面倒だなどと文句は言えなかった。

夜が明けて女官たちも動き出している。竜帝や妃嬪の朝餉《あさげ》の盆《ぼん》を持った女官とすれ違いながら、竜帝のいる宮にある薬室へと向かった。

薬室に着けば、さっそく竜帝の朝の薬の調合を始める。これは朝だけではなく、昼餉《ひるげ》と夕餉《ゆうげ》の時にも、その都度煎《せん》じて献上する薬だ。

魂を半分に割った竜帝は、下界では人の姿を保ち続けていられない。それを補うために、一日三度の服薬が欠かせなかった。この薬を調合《つく》るのが筆頭専属薬師の最も重要な仕事だ。その他、薬草を保存するための処理や、古くなってきた常備薬を新しく調合し直したりと、やらねばならないことは多い。

「鳴伊、切立花の乾燥の確認をして」

煎じ薬を調合する前に、鳴伊に指示を出した。

切り傷も打ち身もたちどころに治してしまうと言われる万能薬。もちろん実際に大怪我を瞬時に治すことはできないが、ちょっとした切り傷くらいは言葉通り「たちどころに」治る。ただし効果があるのは竜のみで人間には効かない。

この霊薬を調合《つく》るのが二番目に重要な仕事だった。

切立花は生で使った方が効果は高いが、作った後の薬の保存期間を延ばすためには乾燥が必須だ。

「はい」

鳴伊は踏み台に乗り、部屋の壁から壁へと渡された紐《ひも》に逆さまに吊《つ》るされた切立花を外して、作業台の上に丁寧に並べていく。

「乾燥が完了した目安は?」

「花弁《はなびら》が根元まで綺麗《きれい》な空色になっていること」

「よろしい。じゃあ、乾いたと思う物を選《よ》り分けて。できたら確認するから」

「はい、沙羅姉様」

真剣な目で一輪一輪確認しながら、鳴伊は花を二つに分けていった。

沙羅はあと四年ほどは後宮にいられるだろう。鳴伊に教える時間はまだまだたくさんある。

沙羅の前は歳《とし》の離れた従姉しかおらず、引き継ぎの時間は短かった。後宮の外で母にも教えを受けた。

それに比べれば、歳の近い世代がいるのは頼もしい。鳴伊の下には十二歳の妹もいる。

しかし時間があるからといって、指導の手を緩めるつもりはなかった。沙羅に万一のことがあれば、鳴伊が代理を務めなければならないのだ。

沙羅は自分の作業をする前に、薬棚の引き出しから薬包を取り出して粉を飲んだ。

これが筆頭専属薬師の三番目に重要な仕事だった。頭痛や貧血などの副作用は強くとも、薬師として後宮で竜帝に仕えるためには必要なことなのだ。

鳴伊にもそろそろ飲ませなければ、と思った。可哀想《かわいそう》だが、次代を担わせるためには仕方がない。

沙羅は朝の煎じ薬作りを始めた。

たった今収穫したものから、月に一度新月の夜に採って甕《かめ》に漬けたものまで数種類。葉を刻み、水にさらした根をすり下ろし、実を叩いて汁を出す。

いつもの手順だ。目をつぶっていてもできるくらいに体が覚えていた。

そこに鳴伊が話しかける。

「沙羅姉様、これ、昨日竜帝様と採りに行ったんだよね？」

「そうだよ」

「どうして沙羅姉様は竜帝様が怖くないの？」

「どうしてって言われても……」

「みんな怖がってるよ。私もあの目が怖い」

「竜帝さまは優しい人だよ。怖がることなんて全然ないのに」

「そう言うのは沙羅姉様だけだよ」

竜帝は畏怖《いふ》の対象である。

その統治は素晴らしかったが、厳しくもあった。

竜帝は在《あ》りし日の皇帝と約束したのだ。民を守ると。

国そのものではなく、民だ。皇帝でも朝廷でも、ましてや官吏でもない。

特に不正に対して容赦がなかった。民を蔑《ないがし》ろにすることを許さず、官吏の首は簡単に飛んだ。

たとえ忠臣であったとしてもそれは変わらなかった。官吏には自らに対して阿《おもね》ることではなく、民を思うことを求めた。

同じように、犯罪に対する刑罰も厳しかった。

だから人々は竜帝を恐れる。

しかし理由はそれだけではない。

竜帝は竜なのだ。

一口で人を嚙《か》み殺してしまえる鋭い牙《きば》。体を簡単に引き裂いてしまえる長い爪。戦では炎を噴いて隊を丸焼きにし、黒雲を呼んで敵の大将を雷で打つという。

その夜の闇のように黒い体軀《たいく》を間近で見れば、自分たちとは違う生き物なのだと、皇帝という地位の持つ力をさらに超えた圧倒的上位者なのだと、人は思わずにいられない。

竜の姿を直接目にしたことのない民であっても、物語で、絵で、その恐ろしさは語られていた。

そしてその双眸だ。

金の瞳。竜である証。

その眼光は、恐怖で体がすくんでしまうほどの鋭さを持っていた。

それは長く仕える者でも同じだ。竜帝と目を合わせないのは失礼に当たるため、気持ちを押し殺して竜帝を見る。

竜帝の前でみなが平伏するのは礼儀としてだけではなかった。顔を上げろと言われるまでは、瞳を見なくて済むからなのだ。

「綺麗な目なのに」

あの瞳を誰もが恐れることが沙羅には理解できない。太陽のように光を放ち、満月のように闇を照らす、力強く優しい目だ。

沙羅が森で迷子になるたびに捜しに来てくれた竜帝。沙羅はその目を見ると、いつもひどく安心した。

「そう言うのも姉様だけ。竜帝様と気安く話せるのが信じられない」

「鳴伊がぞんざいな言葉遣いをしたとしても、竜帝さまは怒ったりしないよ」

「そんなことできるわけない」

「そうかなぁ。薬を飲むようになれば少し楽になると思うよ。母さんも従姉様《ねえ》もそう言ってた。竜帝さまの怖さは、竜気のせいもあるんだって」

「なら早く飲みたい」

沙羅は肩をすくめた。

飲み始めたら二度と飲みたくないと言うに決まっている。最初は副作用が強すぎて連日吐くのだ。それでもやがて飲まなければならないのだが。

鳴伊の作業の様子を見ながら薬を煎じ終えた沙羅は、採ってきた薬草の処理に取りかかった。

下処理をしたり、薬棚の中の古い物と取り替えたりと、一連の作業を淀《よど》みなく続けていく。

「あっと。そろそろ竜帝さまの所に行かなくちゃ」

薬を劣化させないためにわざと狭く作られた窓から差し込む太陽の光で時間を知り、沙羅は手を止めた。朝餉の時間に薬を届けなければならない。

「戻って来る前に、それ、終わらせておいてね」

「はーい」

沙羅は鳴伊を残し、煎じ薬の器を盆に載せて薬室を出た。

薬室と竜帝の私室は少し離れた場所、後宮の最も奥まった場所にある。

万が一何かがあった時にすぐに駆けつけるためなら隣接しているのが一番なのだが、なにせ薬室は臭い。薬に匂《にお》いはつきもので、沙羅はもう慣れて何も思わないが、さすがに竜帝の私室をその近くに配置するわけはなかった。

後宮の奥は高級女官しか出入りできない。だから、行き合う女官の身なりはよかった。その中にあっては、薬を扱うために簡素な服を身につけ、化粧や髪型にこだわりのない沙羅は浮いている。だがそれも慣れたものだ。

扉を守る衛兵の取り次ぎを待って、沙羅は部屋へと足を踏み入れた。

竜帝は一人卓の前で朝餉をとっていた。

「あれ、お薬使わなかったんですか？」

卓の上に煎じ薬の器を置いた沙羅は、棚の上に置いてある薬包を見て言った。夜の精力剤が使われずにそのままになっている。部屋には他に誰もいないのを知っているから、いつも通り気安い態度だった。

「昨夜は気分ではなかった」

「新しい方々が気に入らなかったんですか？」

「そういうわけではない」

竜帝のためにと、昨日までの花嫁選定の儀で集めた女性の中から、朴冢宰は見目麗《うるわ》しい者を妃嬪として後宮に入れていた。

「もしかしたら花嫁様がいるかもしれないのに」

「いない」

「そうですか」

断言するなら後宮なんていらないんじゃないか、とも思うが、あわよくばそのうちの誰かと子が出来ないか、と周囲が期待する気持ちはよくわかる。

妃嬪にとっても、後宮に入るのは悪いことではなかった。皇帝を慰《なぐさ》めることは名誉とされていて、贅沢《ぜいたく》な暮らしができ、家族には報奨金が出る。万一子が出来れば皇后になれる。

そして、長くとも四年もすれば出ることができた。早ければ三年だ。竜帝のお手付きになるとはいえ、子が出来ていないことが確認された後は解放される。

その理由は、妃嬪は若くなければならないからだった。竜帝が若い女性だけを好むというわけではなく、若い女性でなければ子が出来ないからというわけでもない。竜帝の持つ竜気が人の体に悪影響を及ぼすからだ。

日中普通に接している分にはいいが、夜は竜気が濃くなり人に対して毒となる。契《ちぎ》りを結べばなおさらだった。毒への影響が最も少ないのが若い娘なのだ。これも魂を半分に割った弊害《へいがい》だった。

竜帝との子が出来ないのなら後宮に置いておく意味はない。毎年新しく娘が集められるのだから、無理をしてまで長く囲っておく必要はない、と竜帝は考えていた。

これはまだ十九でしかない沙羅が筆頭専属薬師である理由でもある。夜に後宮にいるためには薬師も若くなくてはならないのだ。沙羅が毎日服用しているのは、その毒の影響を抑えるための薬だった。

沙羅は朝餉を食べ終えた竜帝を見ていて、その様子がおかしいことに気がついた。茶をすすりながら目をさまよわせている。

「何をそわそわしているんです?」

「何だか落ち着かない」

「具合が悪いなら言って下さい」

竜帝の健康管理は沙羅の責任だ。少しでも体に異変があるのなら、言ってもらわなければ困る。

「悪くない」

「なら早く飲んで下さい」

苦い煎じ薬の器を竜帝に差し出した時、扉が叩かれた。

沙羅は碗《わん》を受け取った竜帝から離れ、壁際へと下がった。

竜帝の返事を待って入ってきたのは女官長だった。自ら出向くとは、ただの用事ではなさそうだ。

「お食事の最中《さなか》に失礼いたします」

「よい」

「花嫁選定の儀に間に合わなかった娘がおりました」

「なんだと」

「土砂崩れで布令《ふれい》の到着が遅れ、移動にも時間を要したと申しております。いかがいたしましょうか」

通常は余裕をもって何日も前から帝都に滞在するものだし、参加しなければ一族共々厳罰に処されるのだが、布令が届いていなかったのなら致し方ない。

「面倒だ」

竜帝はぞんざいに片手を振って女官長を追い出した。

女官長が退出したのを確認して、沙羅が再び竜帝に近寄る。

「会った方がいいですよ」

「会うだけ無駄だ」

「万が一花嫁だったらどうするんです？　また何百年も待つんですか？　後であの娘だったかもしれないと悩むのは嫌でしょう？」

「……それもそうだな」

魂の片割れなど見つからなければいいと思っていた沙羅だが、見つかるのが白家の悲願と刷り込まれていたのもあるし、待ち続けている竜帝を見てきて、不憫《ふびん》に思う気持ちもあった。

竜帝は手の中の煎じ薬を飲み干した後、苦さに顔をしかめながら、朝議の前に会う、と言った。

この後すぐに、沙羅は自分の言葉を後悔することになる。

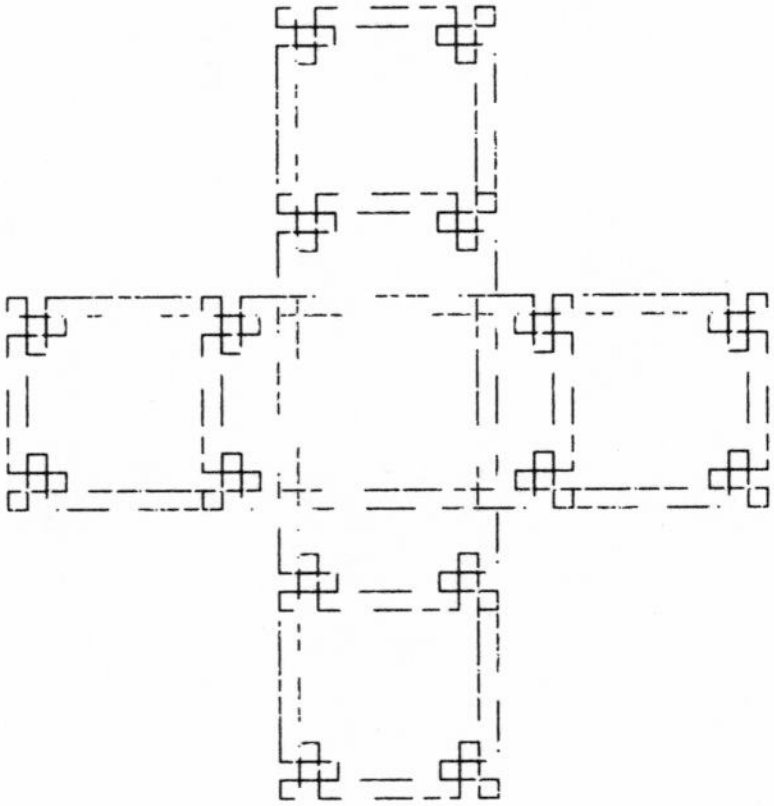

第2章　待望の花嫁

「沙羅《さら》っ！」

「竜帝さま」

薬草園で他の薬師と共に昼の薬草の採取をしていた沙羅の元へ、突然竜帝がやってきた。

竜帝が薬草園を訪れることはままある。仕事の合間にふらりとやってきて、沙羅がいればお茶を飲んでいくこともあった。

息抜きのように見えて、実はそれだけではないことを沙羅は知っている。

竜帝は花が好きらしい。

観賞用としてではない。

お茶の香り付けとして栽培していた花が竜帝が来るたびにむしられていて、よほど香りが好きなのだと思っていたら、ある日ぱくりと食べたところを目撃してしまった。

それ以来沙羅は個人的に育て続けている。

沙羅も花弁《はなびら》を食べてみたが、何が美味《おい》しいのかわからなかった。人型をしている時の味覚は人間と同じだと思っていたが、そうではないようだ。

沙羅が見ていない間に摘まれているところを見ると、花を食べに来ていることは、沙羅には知られていないのだと思っているのだろう。

また竜帝がおやつをつまみに来たのかと思ったら、しかしそうではなかった。

勢いよく駆け込んで来た竜帝に両手を取られ、ぶんぶんと振られる。

「見つかった！　見つかったんだ！」

「見つかったって？　——まさか！」

「そうだ！　片割れが見つかった！」

沙羅はぱちぱちと目を瞬《またた》かせた。

見つかった？　魂の片割れが？　竜帝さまの？

思考が追いついていくにつれて視界が真っ暗になっていき、ぐるぐると回り始める。

足元の地面が消え去り、ゆっくりと奈落に落ちていくような錯覚を覚えた。

「それは……よかったですね」

「ああ！」

なんとか絞り出した声に、竜帝が破顔する。

その満面の笑みを見て、ああこれは本当のことなのだ、と沙羅は理解した。

と同時に、急速に頭が冷えていった。指先が冷たい。体から全ての血液が流れ出てしまったかのようだ。

「それで……竜帝さまはどうしてここにいるんですか？」

黒く塗り潰《つぶ》されていく思考とは裏腹に、沙羅の口は何事もなかったかのように言葉を紡ぐ。

「沙羅に報告しにきた。一番に伝えたかったのだ」

「花嫁様をほっぽって？」

「あ」

竜帝は、しまった、という顔をした。

「何やってるんですか。早く戻ってあげて下さい」

「そうだな。戻る」

立ち去っていく竜帝の背中を、沙羅は茫然《ぼうぜん》と眺めていた。その足取りさえも、喜びの気持ちが滲《にじ》み出ているようだった。

「姉様、今の、本当？」

平伏していた鳴伊《めい》が立ち上がり、沙羅の服を引っ張った。困惑の表情を浮かべている。

周りを見渡せば、その場にいた他の専属薬師たちも、複雑な顔で沙羅を見ていた。

「本当、なんじゃない、かな。竜帝さまが言ってるんだし」

「そ、そうだよね。竜帝様が仰《おっしゃ》っているんだから」

「ついに花嫁が現れたか！」

「長年の願いがついに……！」

ざわざわと細波《さざなみ》のように、薬師たちが喜びの声を上げていく。

「やったなぁ、沙羅！」

「そう、だね……」

一人に満面の笑みで背中を叩《たた》かれたが、沙羅は顔が引きつって、上手《うま》く笑えなかった。

口の中がからからに乾いている。竜帝の笑顔が、喜びの声が、頭から離れない。

「俺、みんなに知らせてくる！」

誰かが薬草園を出て行った。

「沙羅、竜帝様の元へ参じなさい」

「え、でも、まだ薬草採り終えてないし……」

父親に言われて、沙羅は口ごもりながら答えた。

「誰かに持って行かせる。花嫁様が見つかったのに、筆頭がいなくてどうする」

「あ、そっか……そう、だよね……」

父親の言う通りだ。薬草採取などしている場合ではない。頭が全く働いていなかった。

「じゃあ、鳴伊、続きはお願いね」

「はい」

鳴伊に後を任せ、薬草園を出た。竜帝と謁見《えっけん》するのであれば、恐らくあそこだろうと見当をつけた建物へと向かう。

地面を踏みしめているという確かな感覚がなく、足取りは覚束《おぼつか》ない。

呼吸が細くなり、自分の鼓動がやけに大きく聞こえた。

そこに、一人の官吏《かんり》が駆け寄ってきた。沙羅を捜していたらしい。

せき立てられるままに竜帝の元へと急ぐ。

視界に入る人はみな、仕事中だろうにこそこそと立ち話をしていた。驚きの声が上がっているのを見るに、花嫁が見つかったという知らせが、今まさに広まっているところなのだ。宮廷全体が浮足立っていた。

沙羅は客室の一つに案内された。

「失礼いたし――」

「沙羅！」

入室した途端に竜帝の声が上がる。

天蓋《てんがい》から布の下りた寝台の傍《かたわ》らにいる竜帝が見えた。寝台の上にいるのが花嫁なのだろう。

香瀬《かせ》が枕元で手首の脈を診《み》ている。清伽《せいか》や他の重鎮たちが、心配そうな顔で竜帝の後ろに立っていた。そのさらに後方に佇《たたず》んでいるのは付き人だろうか。

「どうしたんですか⁉」

「花嫁だと告げたら倒れてしまった」

竜帝は顔面蒼白《そうはく》で、今にも花嫁が死んでしまうかのような狼狽《うろた》えようだった。

近づいて開いた布の間から見れば、横になっている女性は、竜帝の片割れと言われてもおかしくない容貌《ようぼう》をしていた。

綺麗《きれい》に結《ゆ》っていたであろう髪が少し乱れている。竜帝と同じく真《ま》っ直《す》ぐな黒髪だ。着ている襦裙《じゅくん》は、沙羅にも高級なものなのだと一目でわかった。竜帝に謁見するのだからみな当然上等な物を着てくるのだが、これは並の品ではない。よほどいい所のお嬢様なのだろう。

甘い匂いが仄《ほの》かに香ってきた。

「軽度の貧血です。じきに目を覚まされることでしょう」

「本当か⁉ 沙羅も診てくれ！」

香瀬の診断に安堵《あんど》の色を滲《にじ》ませながらも、竜帝は沙羅に必死の形相《ぎょうそう》で頼んだ。

確かめなくとも、医術に詳しい香瀬の診断の方が信頼が置ける。

だが、竜帝の不安を取り除くため、沙羅は花嫁を診た。

下まぶたの裏の色や呼吸音、脈の様子などから、香瀬と同じ診断を下す。

「貧血ですね。寝かせておけば大丈夫です」

「そうか……」

竜帝はふらふらと花嫁に近づき、横によけた沙羅の代わりに枕元に跪《ひざまず》くと、花嫁の手を取った。

冢宰《ちょうさい》の清伽を含め、成り行きを見守っていた上級官吏らはみなぎょっと目をむいた。皇帝のすべき行動ではなかったからだ。

だが、竜にとって片割れとは文字通り自分の半身で、病んだり傷ついたりすると心労で竜自身も病んでしまうという。

であれば、この行動も頷《うなず》けるというものだ。親が子を思う以上に大切なのだから。

「沙羅、後は任せていいか。伏せっている花嫁様のお側《そば》に男の俺がいつまでもいるのはよろしくないだろう」

「わかった。竜帝さま、いいですよね？」

「ああ、沙羅なら任せられる」

「さあ、花嫁様のお体に障《さわ》ってはいけませんので、皆様もご退出願います」

沙羅が竜帝と花嫁の付き人以外を追い出した。

「ちゃんと目を覚ますだろうか」

竜帝は両手で握った花嫁の手を額につけて情けない声を出した。

「気絶しているだけです。たぶん花嫁だと言われて驚きすぎたんでしょう」

「本当か？　本当に大丈夫なのか？」

「大丈夫ですって。気付け薬を嗅《か》がせて起こすこともできますが」

「いや、このまま寝かせてやってくれ」

「わかりました」

いつまでも竜帝を床に跪かせているわけにもいかないので、沙羅は花嫁の付き人と長椅《ながい》子《す》を運び、横に立った。

「沙羅も座れ」

「ですが」

「座れ」

言われて隣に座った。

「お前も下がれ」

竜帝が付き人までもを下がらせ、部屋には竜帝と沙羅、そして花嫁だけが残った。

しばし沈黙が落ちた。

居心地が悪い。竜帝が本気で花嫁の身を案じているのが伝わってくる。

「私、控室にいますね」

もうここにいるのは限界だと思い、沙羅は竜帝にそっと告げた。香瀬から任されはしたが、貧血で眠っているだけなのだし、近くにいれば問題ないだろう。

「ここにいてくれ」

立ち上がりかけた沙羅の腕を竜帝がつかんで留《とど》めようとする。

「すぐ隣の部屋です。扉を開けておきますから、呼んでくれれば聞こえます」

「いてくれ」

不安に揺れる金色の瞳を向けられて、沙羅は諦《あきら》めた。

「わかりました。ここにいます」

竜帝は沙羅から手を離し、花嫁へと視線を戻した。花嫁の頬に手の甲で優しく触れる。

「……この娘だ」

「はい」

「わたしの片割れだ」

「はい」

「ずっと待っていた」

「はい」

「長かった」

「はい」

ぽつりぽつりと竜帝が呟《つぶや》いていく。

どれほど待ち焦がれていたのか。どれほど花嫁が大切なのか。

聞きたくない。

それ以上言わないで。

沙羅は短く返事をしながらも、心がずたずたに引き裂かれていくような思いがしていた。

そうして、昏倒《こんとう》した花嫁が目を覚ますまで、竜帝はずっと落ち着かない様子で、花嫁に対する愛の言葉を沙羅に伝え続けた。

「ん……」

「目が覚めたか!?」

ようやく目を開けた花嫁に、いきなり竜帝ががばりと抱きついた。

「きゃっ」

「竜帝さま、そんなことをしたらまた気絶してしまいます！ 落ち着いて下さい」

沙羅が慌てて引き離す。

「そ、そうだな！ すまない！」

上体を起こした花嫁は、何が起こっているのか、と顔を強張《こわば》らせていた。

混乱して当然だ。

「ちょっとあっちに行ってて下さい」

竜帝を花嫁の見えない所に押しやった。

「私は薬師です。体調を診るので、ちょっと失礼しますね」

沙羅は花嫁の手を取った。脈は普通だ。

下まぶたを押し下げて、血色を確認する。

「大丈夫そうですね」

沙羅は大きく息を吸った。これは自分が告げた方がいいだろう。竜帝が言うと刺激が強すぎるだろうから。

言いたくない。

だが、言わなくてはいけないのだ。筆頭専属薬師としても。

「倒れる前に竜帝さまに言われた言葉を覚えていますか？　あなたは竜帝さまの花嫁のようです。私の言っていること、わかりますか？」

驚きに目を見開いた花嫁が、片手で口を押さえてこくこくと頷く。

「竜帝さまを呼んでも大丈夫ですか？」

「はい……」

消え入りそうな声だった。

「あ……」

花嫁がはっとしたように後頭部に手をやる。

崩れた髪を気にしているのだろう。竜帝の前に出るのだから、できる限り綺麗にしておきたいのは当然だ。

「沙羅、まだだろうか」

「まだです」

沙羅は竜帝の催促を冷たく断った。

「髪をほどきましょうか」

頷く花嫁の頭へと手を伸ばす。

ほどいた烏《からす》の濡《ぬ》れ羽《ば》色の髪は、つい今まで結っていたとは思えないほどに真っ直ぐで、さらりと背中に流れた。

結うまではできないから、これでいいだろう。

目で花嫁に確認してから、沙羅は竜帝を呼んだ。

「いいですよ」

そっと間仕切りの布をよけて、竜帝が顔を出した。

「大事ないか？」

「はい……」

花嫁は目を伏せて答えた。

改めて見ると、寝台に座る花嫁はたおやかで儚《はかな》げで、それはそれは美しかった。

「そなたはわたしの魂の片割れだ」

竜帝が跪いて告げると、花嫁は感激したのか目を潤《うる》ませた。頬は桃色に染まっている。

清楚《せいそ》なのにつややかで、同じ女性としてもぐっとくる表情だった。

対する竜帝の目元も赤く染まっており、金色の瞳は喜びに輝いていた。

慈《いつく》しむような、それでいて欲情しているような。

こんな顔を見せられては、沙羅も認めるしかない。彼女は正しく竜帝の魂の片割れなのだ。

見つからなければいい。花嫁なんていなければいい。

そんな醜い願いは粉々に打ち砕かれた。

「沙羅、今日は政務を休む。冢宰に伝えてくれ」

「わかりました」

沙羅は声を震わせないように注意して、淡々と答えた。

「そなたを待ち望んでいた。ようやく会えた」

沙羅が部屋を退出するよりも前に、竜帝は花嫁へと愛の言葉をささやき始めた。

扉を閉じる時に一瞬視線を向けると、花嫁の頬に手を添えている竜帝の表情は満ち足りており、その手に手を重ねている花嫁は、幸せそうに目を閉じていた。

——同じ魂を持つのだ。惹《ひ》かれ合うに決まっている。

竜帝の言葉通りだった。二人は強く惹かれ合っている。

清伽に竜帝の言葉を告げた後、沙羅は薬室へ行くべく後宮の廊下を歩いていた。

「ちょっと」

「きゃっ」

突然横から出てきた手に腕をつかまれ、沙羅は空き部屋に引っ張り込まれた。

驚いて抵抗しようとした沙羅だったが、犯人の顔を見て体の力を抜いた。

沙羅の親友、結亜《ゆあ》だ。下級女官服を着ている。

「なんだ結亜か。びっくりするじゃない。普通に声かけてよ」

「私は奥《ここ》にあんまりいられないの！」

「なら早く戻りなよ」

「沙羅が心配で来たんじゃない！」

ぷぅ、と結亜がむくれた。沙羅と一つしか違わないのに、その仕草にうっすらと残るそばかすが相まって、まだまだ子どもに見える。

結亜は花嫁が現れたことを知って、ここまで駆けつけてきてくれたのだった。

「私は大丈夫」

「大丈夫なわけないでしょ、そんな顔して！」

「そんな顔ってどんな顔よ」

「この世の終わりみたいな顔してる！」

「してない」

両手で沙羅の顔を挟んだ結亜にきっぱりと否定する。自分で心配になりつい先ほど鏡を見たばかりだ。やつれたり目の下に隈《くま》ができたりもしていない。

「比喩《ひゆ》よ！」

「してないんじゃない」

心配してるのに、とまた結亜はむくれると、眉を下げてしょぼくれた顔になった。

「本当に、大丈夫？」

「大丈夫。覚悟してたことだもの」

沙羅は薄く笑った。

多少の強がりも入っているが、覚悟していたのは本当だ。白家《はく》の一員として、花嫁を見つけたいと思っていた。どちらかといえば——というかかなり——見つからなければいいと思う気持ちの方が大きかったけれど。

「どういう人なの？」

「綺麗な人だよ。真っ直ぐな黒髪で——」

「やっぱいい！　今夜あたしの部屋に来なさい！」

「え、なんで」

「話聞いてあげるって言ってるの！」

「いいよ、別に」

「よくないでしょ」

手を振って断る沙羅を、結亜はぎゅっと抱き締めた。結亜の体温が沙羅に伝わってくる。

「……ありがと」

ぼそっと沙羅が呟いた。

「いいのよ。あたしたち、友達じゃない」

「ありがとう」

結亜は沙羅から体を離すと、じゃあ戻るから、と言って部屋を出て行った。

沙羅は自分の顔を両手でぱんっと叩き、結亜の優しさで溶けかかった強がりの仮面を、しっかりと顔に貼り付け直した。

「さぁて、仕事仕事っと」


その日の晩、沙羅は誘われた通りに、結亜の部屋に来ていた。

「一緒に寝るの久しぶりだねー」

同じ布団に二人で潜り込むと、くすぐったいような恥ずかしいような変な気持ちになる。

結亜とは二年の付き合いになる。

庭園の木の陰で涙をこぼしていたのを沙羅が見かけ、声をかけたのがきっかけだった。

後宮の女官として働き始めた頃、結亜はひどい懐郷病《ホームシック》にかかってしまった。

結亜は十六歳の花嫁選定の儀で帝都にやってきて、そのまま下級女官として後宮で働くことになった。親元離れて慣れない場所に放り込まれ、心細くなっていたところに、女の園《その》につきものの「後輩いびり」に傷ついたのだ。

結亜よりも前から専属薬師として後宮で過ごしていた沙羅は、後宮での処世術を結亜に教えた。

嫌な先輩はそのうちいなくなるのだから絶望したりしないこと。

自分も数年で出て行けるのだから辛《つら》いことも割り切ること。

同期との繋《つな》がりは大事にすること。

妃嬪《ひひん》にはできる限り近づかないこと。

目立たず陰の仕事に徹すること。

女官の中には、竜帝に見初《みそ》められて妃嬪となりたいと願う者もいる。しかし結亜はそうではなかったので、目立たないように立ち回ることで、先輩たちからのいじめはすぐに止《や》んだ。

竜帝が女官に手を出したことは今まで一度もなく、そのことは代々の女官に伝わってはいるのだが、お姉様方は希望を捨てられないらしい。あわよくば子を成して花嫁に——とまでは思っていなくても、数年だけでも妃嬪となり、竜帝に可愛《かわい》がられたい、贅沢《ぜいたく》をして女官にかしずかれる生活を送りたい、と夢を見る気持ちはわからないでもなかった。

仲良くなってから、沙羅は時々こうして結亜の部屋に来ていた。下級女官である結亜は沙羅の住む後宮の奥の方まではなかなか入ってこられない。だから沙羅の方が結亜の部屋に向かった。

沙羅にとって結亜は初めての友達だ。後宮にいるのは全員花嫁選定の儀を終えた十六歳以上で、身内以外で同じ歳《とし》の頃《ころ》の友人はそれまでできようがなかった。

「花嫁様はね――」

たわいもない話をしばらくした後、沙羅が小さな声で言った。

「名前は蒼延珠《そうえんじゅ》っていうんだって。昼間も言ったけど、すごく美人。竜帝さまと同じ黒くて真っ直ぐな髪をしていて、儚げな感じ。腰とかもすごく細くて、守ってあげなくちゃって思うような人。竜帝さまが花嫁だって言って抱き締めたら倒れちゃったくらい」

びっくりだよね、と沙羅はくすくすと笑った。

結亜は一緒には笑わず、体を沙羅の方へと向けただけだった。

「竜帝さま、すごく喜んでた。薬草園にいた私の所に一番に報告に来てくれたんだよ。片割れが見つかったたって。ずっと待ってた、やっと会えたって。とても大切な人なんだって」

沙羅はなんでもないように言った。

「竜帝さまったら、倒れた花嫁様の前でずっとおろおろと不安そうにしていたの。ただの貧血だって言ってるのにだよ。いつも堂々としているくせに、子どもみたいだった。もう二百八十二歳なのにね。おっかしいでしょ」

沙羅がまたくすくすと笑う。

そんな沙羅の頭を、結亜は優しく抱き寄せた。

「泣いていいんだよ」

結亜がささやくと、沙羅は結亜にすがりついて、声を押し殺して泣き始めた。

涙が後から後から流れてくる。

花嫁が見つかったのは喜ばしいことのはずなのに、竜帝がとても喜んでいて沙羅も嬉《うれ》しいはずなのに、ひび割れた心から血が滲《にじ》み出ているかのように胸が痛んだ。

竜帝の笑顔、弾んだ声、花嫁を愛《いと》おしそうに見る黄金の目。

思い出すどれもが沙羅の心を苦しめた。

結亜が背中を撫《な》でてくれている中、沙羅は流せるだけの涙を流した。

「私ね、竜帝さまのことが好きなの」

泣き終えた沙羅が、仰向《あおむ》けになって天井を見ながらぽつりと言った。体は結亜にぴったりとくっつけている。

「最初は父さんみたいに好きだったの」

「うん」

「私が後宮に来るたびに、たくさん遊んでくれてね。子どもの相手などしたことがない、って言いながら」

「うん」

「初めて背中に乗せてもらった時ね、世界って広いんだなって思った。こんな景色を見せてくれる竜帝さまって、実はすごい人なんじゃないかってその時初めて思ったの」

「うん」

結亜は全て知っているのに、相づちだけを打ってくれていた。

「だってね、周りの人は竜帝さまに畏《かしこ》まっていたけど、私にはすごく優しくて、全然怖い人に見えなかったから」

「うん」

「それが従兄《いとこ》のお兄ちゃんをかっこいいって思うような気持ちになって、いつの間にか恋をしてた」

「うん」

「竜帝さまが私だけ特別扱いしてくれるのが嬉しいの。ううん、竜帝さまはみんなに優しいんだよ。竜帝さまが私を特別扱いしてるんじゃなくて、私が竜帝さまを特別扱いしないだけなのはわかってる。だけど、私が竜帝さまの一番なんじゃないかって勝手に思ってた」

「うん」

「でもぜーんぜん違ったんだ。竜帝さまの一番はずっと前から花嫁様だった。会ったこともない人を、ずーっと想《おも》い続けてたんだ。それで、とうとう見つけちゃった」

「うん」

「あんなに嬉しそうに話す竜帝さまを初めて見たの。一番に私に報告に来るなんて無神経だよね。きっと私が白家の筆頭専属薬師だから来てくれたんだ」

「そんなことないよ。竜帝さまは沙羅を特別だと思ってるよ」

「そうだったらいいな、って思ってるよ。だけど、その特別は私が竜帝さまを想う特別とは違うんだ」

沙羅の目からまた涙がこぼれた。

結亜は沙羅が寝付くまで、ぽんぽんと優しく布団を叩いていてくれた。


次の日、竜帝の私室に行くのは憂鬱《ゆううつ》だった。

ちょうど朝餉《あさげ》を終えた時間だったが、きっと竜帝は部屋にはいないのだ。花嫁の部屋にいるだろうから。

昨夜は初夜――本来は結婚してから使う言葉だが、竜の場合は子どもが生まれてから結婚となる――だった。二百年も待った邂逅《かいこう》なのだから、さぞかし盛り上がっただろう。

昨日の竜帝の様子を思い出して沙羅は一段と落ち込んだ。

行きたくない。

部屋に近づくにつれて沙羅の足取りが重くなる。

だが、薬は専属薬師――基本的には筆頭専属薬師が直接届けることになっている。

部屋の扉を守る女性の衛兵に軽く会釈《えしゃく》をして、主《あるじ》のいない部屋の扉を叩いてから入室する。案の定、いつもは朝餉をとっているはずの竜帝はそこにはいない。

沙羅が知らず止めていた息を大きく吐く。いないのならば花嫁の部屋の方に行かなくてはならない。

と、寝室へ続く扉が開いていることに気がついた。

何げなく扉の向こうを覗《のぞ》いて仰天した。

「なんでここにいるんですか⁉」

紺色の寝間着をしどけなく着崩した竜帝が、寝台の上で上体を起こしていたのだ。白い筋肉質な胸が見えていて、黒い髪が布団の上に流れていた。色気が半端ない。

「沙羅」

シーツの中で片膝を立てた竜帝が、髪をかき上げてため息をついた。

色気がさらに増した。

「花嫁様の所に行ったんじゃなかったんですか？　一晩中あっちにいるものだと思っていました」

「できなかった」

「は？」

「できなかった、と言った」

竜帝が気まずそうに顔を背けた。

「はぁ!?　できなかったって……できなかったんですか!?　その、アレが役に立たなかったってことですか!?　竜帝さまが!?　昨日もしてないのに!?　強壮剤、ちゃんと飲んだんですよね!?」

「飲んだ」

「えぇー……私配合間違えた……？　いつもの通りに調合《つく》ったはずなのに、なんで……？」

沙羅は両手で顔を挟んで狼狽《うろた》えた。薬の配合を間違えるとは、筆頭専属薬師の名折れ、白家の恥だ。

「沙羅のせいではない」

竜帝が片手で目を覆った。

「……緊張して、できなかった」

「は？　緊張？　なに童貞みたいなこと言ってるんですか。毎夜毎晩とっかえひっかえだったでしょう。今さら緊張？　何なら薬なんてなくたって余裕なくせに」

「……ようやく会えたと思ったら、感極まって」

「いやいやいやいや！」

あまりにも明け透けな話をしているのだが、竜帝から聞かされたことがとんでもなさすぎて、沙羅はそのことに気がついていなかった。

その後も沙羅は日頃の竜帝の肉食っぷりを言い連ね、「あり得ない！」と叫ぶと、竜帝はまたため息をついた。

「せめて添い寝だけでもしてくればよかったのに」

男としては責められたくないところだ。余計に役に立たなくなる。

「追い出された」

竜帝さまを追い出す！

さすが魂の片割れともなると強いものだな、と沙羅は思った。

「それは……さぞかし花嫁様は気落ちなされたのでしょうね」

「ああ、泣かせてしまった」

「えと、その、なんと言っていいかわかりませんが……」

沙羅にはその手の経験がない。知識として知っているだけだ。

「今夜再挑戦しましょう。もっと強い薬作りますから」

ぐっと沙羅は拳を握って竜帝を鼓舞《こぶ》した。

「頼む」

これはいつものように朝餉の後に飲んで下さいね、と薬の茶碗《ちゃわん》を渡した沙羅は、決意のこもった足取りでずんずんと廊下を歩いていった。

しかし途中から速度を落とし、どよんと落ち込み始める。

竜帝と花嫁が昨夜何もなかったのは沙羅にとってはよかったことなのではないか。

それなのに、もっといい薬を調合すると約束してしまった。自分の薬師としての性《さが》が恨めしかった。


わざわざ新鮮な薬草を帝都の外にある森に採りに行って薬を調合したのに、明朝も竜帝は私室にいた。

「駄目だったんですか」

「駄目だった……」

竜帝はがっくりと肩を落としていた。

こんなにも情けない顔をしている竜帝を見たのは、沙羅にとっては初めてかもしれない。

小さな頃から接していた竜帝は、この世の誰よりもすごい存在で、何でもできる超人のように思っていた。

この顔を引き出したのがあの延珠だと思うと複雑な気持ちである。竜帝の感情がここまで揺さぶられるのは、相手が延珠だからこそなのだ。

「花嫁様のご様子は？」

「動揺していた。どうにかしようとはしてくれたが、なにぶん片割れも初めてのことで……」

まあそうだよな、と沙羅は思う。

妃嬪も、後宮に入ってから色々と勉強するのだ。花嫁が性技に精通していたら何だか嫌だ。初めてである必要はないのだが。

皇帝に経験のある女性が嫁ぐなど本来ならあり得ない。しかしこと竜帝に限っては違う。なにせ待ち望む花嫁なのだ。子持ちだろうが何だろうが構いやしない。当人にだって政略結婚なり間違いなり事故なり犯罪なり事情は色々あるだろう。

もしも花嫁に相手や子どもがいたのなら大変に不幸なことではあるが……こちらは皇帝であるから有無は言えまい。

まあ、十六歳になる前――花嫁選定の儀の前にそういうことは滅多《めった》に起こらない。もしかすると竜帝の花嫁になるかもしれない女性だ。

だから花炎国《かえんこく》では女性暴行の類《たぐい》もとても少ない。万が一「当たり」だった場合に一族郎党《ろうとう》がどうなるかと想像を巡らすことができる知恵があれば、ちょっとやそっとのことでは手は出せない。十六歳になるまでは。

もちろん初めてでなかった場合、初夜の前に妊娠の有無を確認する期間を置くことになっていた。

「それで、また添い寝もせずにすごすごとお戻りで？」

「泣きながら一人にしてくれと言われたらそうする他ないだろう」

そこは粘って言葉でだけでも精一杯愛を伝えるところではないだろうか、と沙羅は思ったが、黙っていた。自分なら、たとえ繋がることができなかったとしても、体を寄せて眠れるだけで幸せなのに。

とはいえ、延珠とは大して言葉を交わしていないのだ。為人《ひととなり》がわからない以上、勝手な想像で言うものではない。いざその時になれば、自分だって衝撃を受けて取り乱すかもしれない。

「今夜は薬の種類を変えてみます」

「頼む。沙羅だけが頼りだ……」

そうだよな、と沙羅は再び思った。

側近とはいえ、清伽に相談するわけにもいくまい。主に男の沽券《こけん》的に。

かといって他の妃嬪に言うわけにもいかない。

竜帝の体に関することであれば白家に相談するのが当然だ。

となれば、筆頭専属薬師である沙羅に頼るしかない。強壮剤を作っているのも沙羅だ。

どうせ契りの有無は延珠から聞き取っていて筒抜けだろうし、沙羅だって知ってしまった以上は冢宰や白家に報告しないわけにはいかないが、自分で心の内をこぼすのと、事実だけが知られるのはまた別だ。

それに、沙羅だって「してないそうです」としか報告しない。

「できないみたいです」なんてぶっちゃけるのは、もう少し後でいい。延珠だってきっとそこまでは言っていないだろう。

もしこれが何ヶ月も続くようであれば、沙羅一人ではなく白家で当たらねばならない問題となる。初めての契りは子を儲《もう》けるためだけのものではないからだ。

人である花嫁は、そのままでは年をとるにつれて竜気の影響を受ける。それがなくとも竜よりも確実に早く命が尽きる。唯一の魂の片割れがそれではあんまりだ。

それを一気に解決するのが契りだ。魂の片割れが竜の精を受けると竜の性質を獲得するという。竜の姿になることこそできないものの、竜気の影響を受けなくなり、寿命は片割れの竜が死ぬまでに延びるのだ。体も少しだけ丈夫になる。

だから、ずっと「できません」というわけにはいかない。だがまだ焦る時でもない。焦ればさらに悪化してしまうだろう。

周りには、初めての花嫁を竜帝が気遣っている、くらいに思わせておけばいい。

竜帝から空の碗《わん》を受け取った沙羅は、さてどの薬がいいか、と思いを巡らせながら薬室へと戻った。

数日かけて、なんとか竜帝と延珠は契りを結んだ。

その間、毎朝沙羅は竜帝を励まし続けることになったのだが、人間ならば次の日いっぱい収まることはないだろう、という超強力な強壮剤を作ってもなおこれだけ時間がかかったのだから、もしかすると、沙羅のお節介な励ましが悪い方へと作用していたのかもしれない。

とにもかくにも遅ればせながら初夜が行われ、「ついにこれで竜の子が……!」と白家の長老たちは泣くほど喜んだ。

だが、その後半年を経ても延珠は子を宿さなかった。

時機を見たり、ともすれば毎日通いたがる竜帝を延珠が疲れてしまうからと止めたり、白家は代々積み重ねてきた知識を総動員して二人を応援した。

竜帝は竜だが、延珠は人間だ。ならば、人間式のやり方が通用するはずだ、ということである。

延珠にしてみれば、半年もたったのに、というのは酷だ。妊娠は運もある。一年以上子が出来なくてもおかしくない。

しかし、竜は繁殖力が旺盛《おうせい》で、相手を簡単に妊娠させてしまうはずだった。長寿とはいえ唯一の延珠としか子を作れないのだから、その分最初の子は早く出来る。

竜帝自身がそう言っていたのだと、白家の伝承にはあった。

現実に子が出来ていない今、この伝承は本当ですか、と直接竜帝に聞けるはずもないが、今まで竜帝の言葉に関して白家が代々伝えてきたことに嘘《うそ》はなかった。ならば、少なくとも竜帝がそう言ったのは確かだ。

ではなぜ子が出来ないのか。

簡単だ。花嫁が偽りなのだ。

そんなふうに、延珠に対して懐疑的な目を向ける者が、早くも白家の中に現れ始めた。二百年の時を経てようやく見つかった花嫁に対し、過度な期待をしてしまったが故《ゆえ》の反動だった。

疑っている者は、唯一の客観的な証拠である子が出来ないことを根拠とする。

一方、竜帝の言葉を信じている者は、他ならぬ竜帝が魂の片割れだと言っているし、その態度を見れば花嫁が偽りでないのは明白だ、と言う。

竜帝は政務の間はいつも通りにしているが、一度《ひとたび》延珠の前に出れば、ひと時も離れたくないとばかりにぴったりと寄り添い、政務で離れる時にはひどく名残惜しそうにする。

これが魂の片割れでなくて何なのか。

竜帝が自ら延珠の元を離れたのは一度きり。花嫁を見つけたその日、沙羅に報告に行った時だけだ。あれを最後に、竜帝は誰かに促《うなが》されるまで延珠から離れなくなった。

沙羅はその姿を見るたびに胸の痛みをこらえていた。

お似合いの二人だ。

延珠は見た目だけではなく、中身も竜帝に相応《ふさわ》しかった。

言葉遣いが丁寧で、物腰は柔らかい。伏せた目には色気が滲《にじ》み出ており、竜帝がささやけば嬉しそうにはにかむ。教養があり、琴、歌、詩吟《しぎん》、舞踊――どれも素晴らしかった。

沙羅にはできない。何一つ。

薬の調合だけが沙羅にできる唯一のことだった。

沙羅は、延珠の爪の先まで磨かれた染み一つない美しい手を見ては、薬草を扱うことで荒れた自分の手を恥じて隠した。

やがて子を宿し、完璧な花嫁となるだろう。

そう、思っていた。

閑話　嘆き　side　延珠

「竜帝様、申し訳ございません」

ある夜、閨《ねや》の寝台の上で竜帝と向かい合って座ると、延珠《えんじゅ》がはらはらと涙をこぼした。

「何を謝ることがある」

竜帝がその涙をそっと拭《ぬぐ》う。

「竜帝様の御子《おこ》を宿すことが出来なくて……」

「そのうち出来る。焦らなくていいのだ」

「ですが……っ」

延珠が子のことを竜帝の前で口にするのは初めてだった。涙を見せるのは、竜帝が役に立たなかった最初の数日以来だ。

「わたしは共にいられるだけで幸せなのだ。子など後でよい。たとえ出来なくてもいいとさえ思っている」

「それでは竜帝様の御世継ぎが……！」

延珠はわっと顔を覆って本格的に泣き出した。

「いいのだ。竜であり、この国に関わりのないはずのわたしが皇帝の座に就いているのが、そもそもおかしな話なのだ。この座はいずれ人に返す」

「本当ですか……？」

延珠は震える声で聞いた。

「本当だとも。これまで長く皇帝でいたのは、かつての盟約のためだ。片割れを得た今、この国を守る必要もない」

竜帝は延珠をそっと抱き寄せた。真《ま》っ直《す》ぐな髪を手でゆっくりと梳《す》く。

「竜帝様……お慕《した》い申し上げております」

延珠は竜帝の胸にすがりついた。延珠の髪から、ふわりと甘い香りが立ち上った。

「わたしもだ」

今度は力を込めてぎゅっと抱き締める。

「わたくし、竜帝様に御子の顔を見せて差し上げとうございます」

「ああ、きっとよく似た可愛《かわい》い子が生まれるであろう」

竜帝が延珠のあごに手を添えた。

「もっと顔をよく見せておくれ」

「泣き顔をお目にかけるのはお恥ずかしいですわ……」

くっと延珠の顔を上げさせるも、延珠はすぐに顔を伏せてしまった。竜帝にはその仕草さえ愛《いと》おしく映る。

「口づけをさせてはくれぬのか？」

耳元に口を寄せてささやくと、延珠は恥ずかしそうにふるふると震えた後、目を閉じてゆっくりと顔を上げた。

その赤く色づいた唇に竜帝の口づけが落ちる。

ほどなくして、寝台の上で、二つの影が重なった。


「ねえ、夜起《よき》、どうして御子が出来ないのかしら」

竜帝と朝餉《あさげ》を終え、政務へと送り出した後、延珠はため息交じりに呟《つぶや》いた。その手は延珠の下腹部に添えられている。

延珠の髪を結っていた夜起は、一瞬手を止めた。

夜起は延珠が連れて来た付き人で、幼い頃から延珠の世話をしている。

他にも世話をする女官がつけられているが、煩《わずら》わしいと延珠が嫌がり、ほとんど夜起が一人で身の回りを整えていた。

たわんでしまった毛束を手離して櫛《くし》を入れ直し、再び毛束を手に取る。

絹糸のようにつややかな髪は、毎朝毎晩、夜起が丁寧に櫛を通している成果だった。

「夜起？　聞いているの？」

「……そのうちお出来になりますよ」

夜起は薄く微笑《ほほえ》みながら言った。

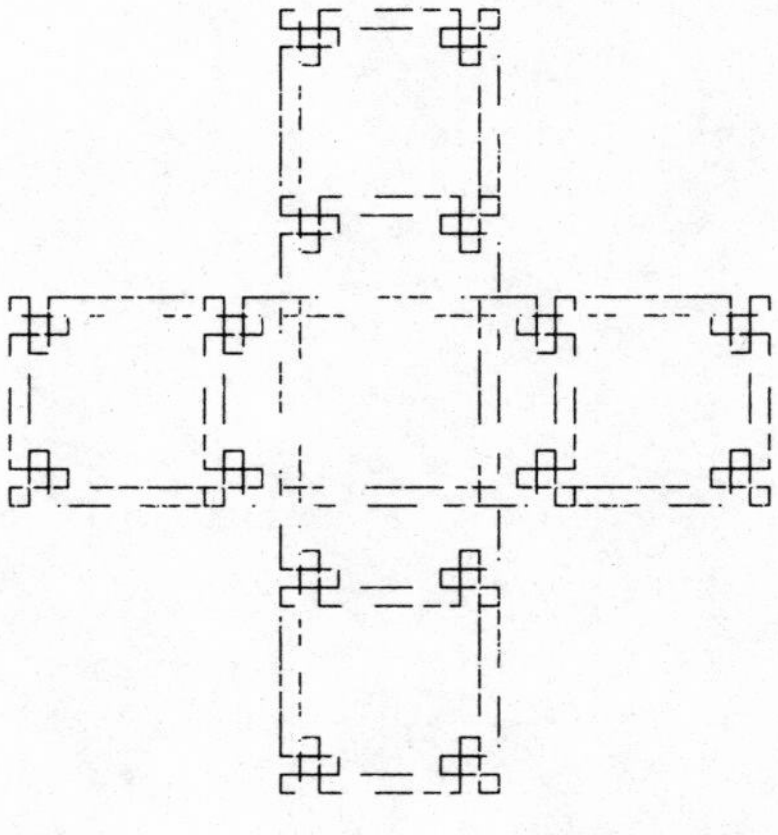

第3章 隣国の侵攻

延珠《えんじゅ》が来てから、沙羅《さら》と竜帝の関係は大きく様変わりした。

竜帝は朝、延珠と食事をとる。一夜を共にしたのならばそのまま延珠の部屋で、そうでなければ、起床後に竜帝が延珠の部屋まで赴《おもむ》く。

昼もわざわざ執務室から後宮まで戻って来る。延珠が後宮から出られないのであれば自分が戻ればいい、というわけである。

夜も同様で、竜帝は一度後宮にやってきて夕餉《ゆうげ》をとり、食後にまた政務のために出て行き、そして夜に眠りに戻る。

今までは食後の薬を献上するために、沙羅は昼と夜は後宮から出なければならなかったところが、同じ建物内で済むようになった。

楽になって嬉《うれ》しい——わけはもちろんない。

竜帝と延珠は二人で食事をしていたとしても、食べさせ合ったり、必要以上に体を触れ合わせるわけではない。だからといって、二人仲睦《なかむつ》まじくしているところをあえて見たいとは思わない。

それでも鳴伊《めい》に任せるのではなく自分が薬を献上しに上がるのは、筆頭専属薬師としての誇りがあるからだ。

それと、少しでも会いたいという想《おも》い。

竜帝は政務以外の時間を全て延珠に向けていた。

そうして沙羅が竜帝と言葉を交わせるのは、薬を持って行く時だけになった。後宮の中庭の散歩中に見かければ必ず延珠と共にいたし、薬草園に遊びに来ることはなくなった。

あの花は咲いている株が常にあるよう調整して育てているが、その甲斐《かい》なく全て散っていく。

やっと食事時に顔を合わせたとしても、沙羅は決まり切った言葉で薬を持ってきた旨《むね》を伝え、捧《ささ》げた盆から竜帝が碗《わん》を取り、そして再び置くまでの間、頭を下げてじっとしていることしかできなかった。

朝はこれに二人の体調を伺《うかが》う文句がつく。しかしそれもたった一言「いつも通りだ」と言われて終わる。沙羅も「それはよろしゅうございました」と言うだけだ。

延珠の手前、気安い態度はとれない。そして竜帝も沙羅に気軽に話しかけるようなことはなくなった。

十年以上も前から続いていた、沙羅と竜帝との仲。たとえ恋愛としての意味はなくとも、それは特別なものだと、他の――それこそ側近である清伽《せいか》よりも深い何かがあるのだと、自分に言い聞かせていた。

だが、蓋《ふた》を開けてみればどうだ。

竜帝にとって一番大切なのは延珠であり、清伽は冢宰《ちょうさい》として変わらぬ態度で竜帝と接している。

沙羅だけが——と思うのは間違いだ。他の妃嬪《ひひん》たちも、延珠が来てから指一本触れられていないらしい。それどころか、竜帝は延珠以外の部屋には通ってすらいないのだ。言葉さえ交わすこともないのだという。

それでも、自分の居場所を盗《と》られた、という思いがどうしても拭《ぬぐ》えない。

それと同時に、やはり自分は竜帝にとってただの薬師の一人でしかなかったのだ、と強く強く思い知るのだった。

その知らせがもたらされた時、たまたま沙羅は後宮の延珠の部屋にいた。昼の薬を持ってきていたのだ。

竜帝が昼餉《ひるげ》を終えるのを待って、じっと壁際で控えていると、不意に扉の外が慌ただしくなった。

どんどんどんどん、と強く扉が叩《たた》かれ、竜帝の返事を最後まで聞くことなく、扉が勢いよく開かれた。

転がり込んできたのは女官長だった。女官長は滑り込むようにして竜帝の前に平伏した。常日頃からその役職に恥じぬ優雅な物腰でいる彼女がこれほどまでに取り乱すのだから、よほどのことが起こったのだろうと思われた。

「も、申し上げます！　果氷国《かひょうこく》が国境線にて攻撃を開始！　現在国境警備隊が応戦しているとのことです！」

「何っ⁉」

叫び声のような言葉を受けて、竜帝が驚きの声を上げる。

果氷国は花炎国《かえんこく》の豊富な資源を狙い、いまだ戦争を仕掛けてきていた。ここ一年は大人しかったのだが、宣戦布告もなしに攻撃を始めたらしい。

「冢宰及び軍司令官他、みな朝廷にてお待ちしております。どうか急ぎお戻り下さいませ！」

「行こう」

竜帝が立ち上がる。

「待っ――」

「お待ち下さい！」

先に呼び止めようとしたのは沙羅だ。そしてそれに被《かぶ》せるようにして延珠が竜帝にすがりついた。

「戦地に赴かれるのですか？」

「そうだ」

「どうか、どうかお止《や》め下さい」

「わたしが行かずして誰が行く」

「危のうございます。竜帝様の御身に何かあっては大事でございます」

延珠は竜帝の裾に顔をうずめ、涙交じりに訴えた。

「民を守るのは皇帝の務めだ。わたしが行けばすぐに収まる」

黒竜が戦場に現れれば敵軍は引くだろう。そうでなくとも無理矢理に鎮《しず》める。黒竜の力は絶大で、一騎当千どころの話ではないのだ。負けるとわかっていて果氷国が攻めてくる気が知れない。

「なりません。どうか、どうかお聞き届け下さいませ」

延珠は竜帝の足にしがみついた。

「いくら片割れの頼みであっても、こればかりは聞けぬ。聞き分けておくれ」

竜帝は延珠の手を優しく自身から引きはがした。

「ではわたくしもお供いたします」

「それもできぬ。戦場は危ない」

両手で顔を覆う延珠に、竜帝は頭《かぶり》を振った。

「わたくしが竜帝様にして差し上げることはないのでしょうか」

「ここでわたしの帰りを待っていておくれ。それだけでわたしの力になる。いつものことだ。心配しなくていい。すぐに戻って来る」

竜帝は腰を落とし、壊れ物を扱うかのように延珠をそっと胸に抱いた。その肩口に延珠が顔を寄せる。

沙羅の胸がずきりと痛んだ。

竜帝は名残惜しそうに延珠から体を離すと、さっと立ち上がり、柔らかかった表情をきりりと引き締めた。

「竜帝さま」

その前に沙羅が進み出た。緊急事態であることなど忘れたように、普段通りの態度で薬の載った盆を竜帝に差し出した。

「ああ、忘れるところだった」

竜帝もいつもの態度で薬を口にする。

実際、何ということはないのだ。これまで何度も繰り返されてきたことなのだから。

「ご無事のお帰りを、お待ち申し上げております」

沙羅は壁際によけ、深々と頭を下げた。

本当は沙羅だって竜帝を引き留めたい。

だがそれは許されないのだ。

竜帝本人が言ったように、民を守るのは皇帝の務め。戦《いくさ》が起これば行かねばならない。

黒竜が向かえば兵の命が助かる。

何も知らなかった昔は、出掛けるという竜帝さまを笑って見送っていたっけ、と沙羅は思い返した。

大丈夫。今回も怪我《けが》一つなく帰ってくる。

竜の鱗《うろこ》はそんじょそこらの武器では通らないほどに硬いのだ。空を飛ぶ黒竜を狙えるのは弓矢だけで、矢程度の威力では鱗に傷一つつけることすら叶《かな》わない。

「夕餉の前には帰る」

竜帝は沙羅の頭にぽんっと手を置いた。これまでずっと出陣する時にはそうしてきたように。

きゅぅっと胸が苦しくなる。

その仕草が嬉しくて、優しい手つきに胸が一杯になって、久しぶりに向けられた言葉に涙が出そうになった。

竜帝が部屋を出て行ってからも、しばらく顔を上げることができず、延珠が沙羅をじっと見ていることには気がつかなかった。

午後いっぱい、沙羅は竜帝を案じてまんじりともしない気持ちで過ごした。薬の調合を間違えそうになって鳴伊に注意されるほど集中できなかった。

ざわざわと胸が騒いでいた。なぜだか不安で仕方がない。大丈夫だとわかっているのに、竜帝の身に何か悪いことが起きるような予感がする。

延珠が来て気持ちが不安定になっているのだろう、と自己診断をして、気持ちを落ち着ける薬を飲んだ。

少し落ち着いたような気がした時、宮中で悲鳴が聞こえた。

何があったのか、と薬室を飛び出してみれば、「竜帝様が！」という声がいくつも聞こえる。「薬師を！」という声も上がった。

はっとした沙羅は薬室に戻り、霊薬の入った壺《つぼ》を抱えた。

「水と布を持って来て！」

鳴伊に指示を出し、竜帝がいるであろう中庭を目指して走った。

中庭に降り立った黒竜を見て、沙羅は一瞬足を止めた。

黒竜の左の肩から太い杭《くい》が生えていたのだ。その根元から腕へとだらだらと血が流れ、地面に赤い染みを作っている。

「竜帝さまっ！」

黒竜の金色の瞳が沙羅を捉えたのを見て、弾《はじ》かれるように沙羅は駆け寄った。

「大事ない」

「そんなわけないじゃないですか。ああ、酷《ひど》い……」

沙羅は傷口を見て口を手で覆った。杭は男性の腕ほどの太さがあり、それが鱗の鎧《よろい》を突き通し、がっちりと肉に突き刺さっていたのだ。流れる血がてらてらと黒い鱗を濡《ぬ》らしている。

「薬師様、どういたしますかっ⁉」

「まずは杭を抜かないと。男手が必要だよね。ああでもここは後宮だし」

「抜いていいのだな」

慌てふためく沙羅に黒竜は事もなげに言うと、自らの大きな手で器用に杭をつかみ、一気に引き抜いた。

ぶしゅっと血が噴き出る。杭の先には矢尻がついていた。

「きゃあっ！」

血を浴びた女官たちが悲鳴を上げた。一番近くにいた沙羅は、頭からもろに被った。白い薬師の服が真っ赤《まか》に染まる。

「そんな急にっ！　竜帝さまっ、今すぐ人の体になって下さいっ！」

この大きさでは薬がいくらあっても足りない。

もやりと黒竜の輪郭が揺らいだかと思った次の瞬間、片膝《かたひざ》を立てて座り込む竜帝の姿がそこにあった。服の左肩が赤い血でぐっしょりと濡れている。

「この姿だと少し痛いな」

竜帝が顔をしかめる。

「肩を出して下さい。早くっ！」

沙羅が言うと、竜帝は着物の合わせに右手をかけて、左肩を出した。白く筋肉質の肩に、肉を抉《えぐ》ったような傷ができていた。

沙羅はぐっと唇を噛《か》み、鳴伊が用意した水に浸した布を傷口に押し当てた。

竜帝は顔をしかめていたが、処置をしている沙羅の顔は引きつっており、竜帝よりもよほど痛そうな顔をしていた。黒竜の血にまみれているから、なおさら沙羅が怪我をしているように見える。

止まる気配なく流れてくる血を沙羅がそっと拭《ぬぐ》っていると、竜帝が布を取り上げ、ぐいぐいと自分で拭き始めた。

「ちょっ、そんな乱暴な！」

「沙羅に任せているといつまでもかかる。さっさと治してくれ」

痛そうに目を眇《すが》めたままの沙羅は、鳴伊から蓋の開いた壺を受け取ると、中の霊薬をたっぷりと指に取った。綺麗《きれい》なクリーム色をしたそれを、気持ち出血の治まった傷へと塗り込んでいく。

さすがに、たちどころに、とはいかなかったが、出血は少し落ち着いた。沙羅は傷口を乾いた布で押さえる。

「竜帝さま、動けますか？　ここにいては傷によくないので、中に入ってもらいたいのですが」

「ああ。問題ない」

竜帝は自分で肩の布を押さえて立ち上がると、すたすたと中庭を横切っていった。

そこに、悲鳴のような声が上がる。

「竜帝様っ！」

延珠だ。

中庭へと下りる階段の上で座り込んだ延珠は、青い顔をして震えていた。

「大事ない」

足取り変わらず段を上って来た竜帝を前に、延珠がふらふらと立ち上がった。その足がぐらりとよろけ、それを竜帝が傷ついた腕で抱き留める。竜帝が自分で押さえていた布がはらりと落ち、一筋の血が腕を伝って肘《ひじ》から落ちた。

「こんなに血をお流しになって……！　ですからお出にならないで下さいませと申し上げましたのに……！」

延珠は竜帝の胸にすがりついて泣いた。

「大事ないと言っているだろう。こんな傷、大したことはない。もう止まる」

「竜帝様の御身に傷をつけるなど、許せません……！」

「そんなに寄ると血がつく」

「着物が汚れることなど何の問題がありましょうか」

汚れるどころか頭からべったりと血にまみれていた沙羅は、新しい布を鳴伊から受け取ると、竜帝の肩に押し当てた。

命に関わる傷ではなく、霊薬で治せそうだとわかって、恐慌状態に陥《おちい》りかけていた沙羅は、なんとか落ち着きを取り戻していた。

「竜帝さま。まだ処置は終わっていません。先に手当てをさせて下さい」

声に怒りが滲《にじ》んでしまったのは仕方がないだろう。怒りの矛先《ほこさき》は延珠だ。倒れかけて傷を負っている竜帝に支えさせ、今は治療を阻《はば》んでいる。

「沙羅が怒っている。話は後でいくらでも聞くから、少し待っていておくれ」

延珠は沙羅をきっと睨《にら》みつけると、ようやく竜帝から離れた。

「竜帝様がこんなお怪我をなされたのに、顔色一つ変えないなんて、薄情な女」

横を通る時に、ぼそりと延珠に言われた。初めて顔を合わせた時には考えられないくらい、ひどく冷たい声色《こわいろ》だった。

「顔色を変えて処置ができないようでしたら、筆頭専属薬師失格ですので」

先ほどまで内心大慌てだったのを棚に上げ、沙羅は平坦《へいたん》な声で言った。竜帝の体を大切に思うのであれば、今は何よりも治療を優先すべきだろう。それを咎《とが》められる筋合いはなかった。

竜帝の鱗を穿《うが》ったのは、バリスタと呼ばれる据え置き型の弓だということがわかった。沙羅は名前を聞いただけで仕組みはわからない。とにかく、あの大きさの杭を竜帝の鱗を突き通すほどの威力で打ち出せる機械らしい。

果氷国の新兵器によって花炎国は甚大な被害を受けた。バリスタの前では、人の持つ盾など紙のようなものだった。

花炎国も見よう見まねで同じ物を造ってはみたが、所詮《しょせん》は猿真似《さるまね》でしかなく、同等の威力を出せるまでには至っていない。

そしてバリスタの矛先が最も多く向けられたのは、他ならぬ竜帝だった。というより、黒竜対策に造られた物なのだろう。黒竜が何度炎で焼き尽くしても次の攻撃の時には新しく造り直されており、黒竜は数日おきの出征のたびに傷ついて戻って来る。

いまだかつて、果氷国にこれほどまでに続けて攻撃を仕掛けられたことはなかった。今までは、黒竜が軍勢を蹴散《けち》らした後数月は攻めてこないのが普通だったのだ。果氷国は、今度ばかりは本気で花炎国を落としにかかっているようだった。

竜帝が傷を負うため、筆頭専属薬師である沙羅は大忙しだった。治療するためには、霊薬がなくては始まらない。調合《つく》っても調合っても片っ端からなくなっていく。

材料となる切立花《きりたちばな》を何度も採りに行った。黒竜の背に乗って。

国境まで往復し、その間にたまった政務を傷を治療しながらこなしている竜帝にこれ以上負担をかけるわけにはいかないと断ったが、傷を治すなら沙羅が選んだ方がいいと逆に竜帝に説得された。

沙羅が自分で採りに行くことももちろんできるのだが、正直その時間を捻出《ねんしゅつ》するのが厳しくなっていたため、毎回竜帝に頼ってしまうことになった。

竜帝が傷ついて帰って来るたびに、沙羅は自分が傷つく以上に辛《つら》い思いをしていた。

それなのに、治療のために霊薬を使えばまた黒竜の背に乗れる、と喜んでもいる。

自分の浅ましさに落ち込んだ。

一方、傷を負う竜帝の方は、淡々としたものだった。沙羅が薬を持って駆けつければ自分で杭を引き抜き、人型になって手当てを受ける。

その後は政務をしに後宮を出て執務室へと行く。

「今回はまた多いですね」

執務室で待っていた清伽が眉《まゆ》をひそめた。

竜帝について来た沙羅が手当てをしながら軽口を叩く。

「少しはよけられないんですか？」

「これでもよけている」

「もっとこう、ひゅひゅひゅっと」

「無茶《むちゃ》を言うな」

こんな会話ができてしまうほどに、竜帝が戦場に行くのは日常化していた。沙羅は胸の痛みを振り払うように、無理をして明るく軽い口調で話していた。

誰しもが良くも悪くも竜帝が怪我を負うことに慣れていく中、そうならない者がいた。

延珠だ。

延珠は竜帝が知らせを受けるたびに行かないでくれと泣いてすがり、帰って来るたびにしがみついて泣いた。それは回を重ねるごとに酷くなっていった。

不幸なことに、延珠が竜帝を引き留めれば引き留めるほど国境にいる軍の被害は増し、竜帝の胸で涙を流す時間のぶん手当ては遅れる。延珠のしていることは、竜帝の足を引っ張る行為だった。

それは延珠もわかっているようで、たびたび竜帝に謝罪している。だが、竜帝のことを想うと取り乱してしまうのだという。

それが魂の片割れというものなのだろう。竜帝の方も、延珠が傷つけば自分もそうなるだろうと言い、咎《とが》める周囲の声から延珠をかばった。

傷を見せると延珠が心配するからと、竜帝は何度か表の朝廷の方へと降りた。

だが、竜帝がまた怪我をして戻って来たと知った延珠が、過呼吸を起こすほどの恐慌状態に陥った。治療が済んでいると言っても実際に無事な姿を目にするまでは意味がなかった。知らせがなければないで、戻って来ないのは何かあったに違いない、と取り乱す。

戦場に赴くことを黙っていようとしても、空を見上げていれば竜帝が行き来しているのは一目瞭然《いちもくりょうぜん》だ。見せないようにすれば、竜帝はちゃんと宮廷にいるのかと何度も聞いて落ち着きを失う。

そのため竜帝は必ず後宮に戻るようになった。

ぼたぼたと血を落としながら戦場から飛んで戻るくらいなら、いっそ国境にいた方がいいのではないかという意見も出たが、それでは延珠がもたないからと、竜帝が延珠と離れることを拒んだ。かといって延珠を危険な戦場に連れて行くわけにはいかない。

結局、行く時に霊薬を持って行き、現地で手当てを受けることに落ち着いた。

それからは傷ついた竜帝を見る機会は少なくなったが、沙羅には見えていないだけで、向かうたびに竜帝が怪我を負っていることには変わりない。

持って行く霊薬の量はいつまでも減ることはなく、沙羅の心配は尽きなかった。

そんなある日、後宮の上空に現れた黒竜が、不時着するように中庭に降り立った。勢い余って建物にぶつかるほどに乱暴な着地だった。いつもなら音も立てずに静かに降りるというのにだ。

ずずんと地が揺れる気配と竜帝を呼ぶ誰かの悲鳴を聞いて、竜帝が戻ってきたのを知り、よほどの傷を負ったに違いない、と沙羅は顔を真っ青《さお》にして中庭へと走った。

沙羅が黒竜の姿を視界に入れたのは、ちょうど黒竜が杭を引き抜くところだった。現地での手当ても受けずに飛んできたのだ。

見る間に空に黒雲が集まり始める。黒竜が呼んでいるのではない。竜の不調に空が同調しているのだ。

沙羅が駆け寄った時には、竜帝は人型になって地面に横たわっていた。苦悶《くもん》の表情を浮かべ、額には汗が滲《にじ》んでいる。手を血にまみれる左ももにあてていた。

沙羅が小刀を使って着物を引き裂けば、傷口が紫色に腫《は》れあがっていた。毒だ、と一目で判断する。

「鳴伊、杭の先を確認してっ！　絶対に触らないように！」

指示を出しながら、霊薬を傷口へと塗布した。傷口が熱い。

竜帝がこれほどまでに苦しむ毒。となれば、それは一つしかない。

「姉様っ、これっ——竜殺石《りゅうさっせき》です！」

鳴伊の悲鳴が上がった。

やっぱり。

沙羅も確認して、唇を噛んだ。

竜をも殺すと言われる猛毒を持つ石、竜殺石。黒に赤い血管のような筋が張り巡らされた見た目のそれは、血にまみれていようと見間違えようがない。竜帝の容態からしても確定だろう。

そんな物をどこから——。

竜殺石は非常に珍しい物だ。ほんの小さな石だとしても。果氷国はどうやって手に入れたのか。

——今は考えてる場合じゃない。

沙羅は浮かびかけた思考を頭から追い出した。まずは毒をどうにかするのが先だ。

その時、ざっと大雨が降り出した。この中では処置どころではない。

「薬室に運びます。手伝って下さい」

すぐさま竜帝は担架で運ばれ、薬室の大きな台の上に寝かされた。

「誰か朝廷に報告を。竜殺石が用いられました。急ぎ処置をします」

女官の一人が部屋を飛び出す。他の者も追い出した。残るのは沙羅と鳴伊、そして女官長だった。沙羅は女官長にも出て行けと言ったが、沙羅の処置を見届けると突っぱねられた。

「なら手伝って。竜帝さまの脚を押さえて下さい」

女官長に膝《ひざ》を押さえさせる。鳴伊は止血のために傷口のすぐ上を押さえていた。

「痛みますよ」

沙羅は薄い革の手袋をはめ、竜帝の耳元で宣言すると、小刀で傷口をさらに開いた。そして中が見えるように大きく広げる。びくっと竜帝の体が跳ね、呻《うめ》き声が漏れる。傷口は火で炙《あぶ》ったかのように爛《ただ》れていた。毒のせいだ。

「何をするんです！」

治療するどころか逆に傷を広げる行為に、女官長が裏返った声を出した。

しかし手はしっかりと竜帝を押さえ込んでいる。肝が据わっているな、と思った。後宮にいるということは沙羅といくつも変わらない歳《とし》のはずだが、さすがは女官長になっただけはある。

「欠片《かけら》が残っていたら大変ですから」

鱗を穿ったのだ。砕けていてもおかしくない。

水をかけながら石が残っていないことを確認して、中を洗浄していく。傷の割に出血は少ない。幸い大きな血管は傷ついていなかった。

沙羅は手袋を外し、今度は霊薬を傷に塗った。傷口が埋まるほどにたっぷりと。竜の傷にはとにもかくにも霊薬だ。

その上に布を置き、女官長に圧迫止血するように指示を出す。

「それじゃ駄目」

布をあてる程度の強さで押さえた女官長の手を、沙羅が上からぐいっと強く押す。女官長は竜帝の呻き声に顔を青ざめさせながらも、気丈にその強さを保とうとした。

沙羅は鳴伊に指示を出して薬棚から材料を出させ、解毒剤の調合に取りかかる。

まさか竜殺石を使ってくるなんて――。

竜殺石を中和するほどの薬は作れない。伝承の中に作り方はあるが、今は材料が揃《そろ》っていない。だから手元にある物で最良の薬を調合《つく》る。

常備薬を素《もと》にするため、手間も時間もそれほどかからなかった。鳴伊も沙羅の短い指示に従ってよく動いた。女官長は竜帝の傷を押さえ続けている。

できた煎《せん》じ薬を手に、竜帝に声をかける。

「竜帝さま、お薬ができました。飲めますか？」

「……あぁ」

呻き声とも取れる返事が返ってきた。

沙羅が薄く開いた唇に匙《さじ》で薬を流し込むと、こくりと竜帝の喉《のど》が動いた。抗炎症と鎮痛の成分も入っている。これで少しは楽になるだろう。

竜帝に必要量を飲ませたところで、沙羅は傷口のある脚の方へと回った。

女官長の手を外させる。出血はだいぶ治まったようだが、それよりも腫れが酷い。どす黒い紫色は傷口の周りだけでなく、そのさらに外側まで広がっていた。

鳴伊が毒消しと霊薬を混ぜ合わせた物を沙羅に手渡した。それを傷口とその周りに丁寧に塗っていく。

器を鳴伊に戻し、傷口に布を置いて包帯をくるくると巻いた。

「できることは全てやりました。後は薬が効くのを待ちます」

「竜帝様はまだ苦しんでおられます」

「待つしかありません。大丈夫です。命に別状はありません。外への報告をお願いします。皆様お待ちでしょうから」

傷は塞《ふさ》がりつつある。毒の効果が強ければ、爛れたままなかなか治らないところだが、そこまで酷くはない。じきに毒も消えるだろう。竜としての頑丈さと霊薬の効果が勝《まさ》ったのだ。

女官長が報告のために足早に部屋を出て行ったところで、沙羅はへなへなと床にへたり込んだ。

今になって恐怖がせり上がってくる。

顔の前に上げた両手がぶるぶると震えていた。かちかちと歯が鳴る。心臓がぎゅっとつかまれたように縮こまっていた。目を強くつぶる。

当たり所が悪く太い血管が傷ついていたら、毒の効果で血は止まらなかったかもしれない。いくら竜が丈夫であっても、血を流しすぎれば当然死ぬ。そうでなくとも毒が全身に回ってしまえば、出血云々《うんぬん》の前に心臓が止まってしまう。

竜帝が戦場で応急処置をするのではなく、真っ先に筆頭専属薬師——沙羅の所に戻ってきてくれたのは正解だった。

沙羅は自分の体を両手でかき抱《いだ》いた。

そこに鳴伊がしがみついてくる。

「こわっ、怖かったぁぁっっ」

鳴伊がわっと泣き出した。

「竜帝様が、死んじゃうかと、おもっ、思ったあぁっ」

「もう大丈夫だよ。それに竜帝さまだもの。そんな簡単に死んだりしないよ」

沙羅は鳴伊を抱き締めた。

「よく頑張ったね。こんなに早く手当てができたのは、鳴伊がいてくれたお蔭《かげ》だよ。後で竜帝さまに褒めてもらおうね」

わんわんと泣く鳴伊をなだめながら、沙羅は自分にも言い聞かせていた。

大丈夫。竜帝さまが死ぬなんてことは絶対にない。これからも。絶対に。

竜帝が竜殺石の毒に倒れたという第一報は、瞬く間に宮廷内を駆け巡り、大騒ぎになっていた。

中でも一番取り乱していたのは延珠で、挙げ句の果てには竜帝が死ぬなら自分も死ぬと刃物を振り回す始末。竜と契りを結んだのだから、寿命を同じくしている延珠は、竜帝の命が尽きればどうせ死ぬのだが。

続報で命に関わる傷ではないことが伝わると、朝廷側は一先《ひとま》ず落ち着いた。筆頭専属薬師である沙羅が命に別状はないと言い切ったのだ。その影響力は大きかった。

処置が終わったことを告げられて、女官たちを振り切った延珠が薬室に駆け込んできた。

「竜帝様っ、竜帝様っ！」

横になる竜帝の頬に手をあてて無事を確かめようとするが、竜帝は毒と薬のせいで意識が朦朧《もうろう》としている。返事をせず目も開けない竜帝に焦った延珠は、竜帝を大きく揺さぶった。

「花嫁様っ！　揺らしてはなりません。毒が回ります」

慌てて沙羅が止めに入ると、花嫁はそれを振り払った。

「竜帝様が目をお開けにならないわ！」

「鎮痛剤の効果で半分眠りに入ってらっしゃるだけです。体力回復のためにもそのままにして差し上げて下さい」

沙羅が丁寧に説明すると、延珠は一応は納得したらしい。渋々といった様子で竜帝から手を離した。

「毒消しを使ったのよね？」

「はい」

「それは竜殺石に効くほどのお薬なのかしら」

「特効薬は用意できませんでしたが、大抵の毒には効きます。傷の様子からしてなんとか効いたようです。竜殺石が小さかったのもよかったのでしょう」

「そう。ならいいわ」

延珠は竜帝の顔に頬をあて、愛《いと》おしそうに撫《な》でた。

「お部屋に移して差し上げることはできないの？　こんな部屋ではあんまりだわ」

「……そうですね。そっとならいいですよ」

許可を出すと、延珠はすぐさま女官たちに指示を出して竜帝を私室に運んだ。

そこへ、冢宰が治療に支障がなければ直接報告を聞きたいと言っている、という連絡が入る。

沙羅は後を鳴伊に任せ、血まみれの服を着替えると後宮を出た。

竜帝は翌日には体を起こせるまでに回復し、二日後には政務に復帰した。沙羅個人の気持ちとしてはもっとゆっくり休んでほしかったが、体調が万全になったのだから、筆頭専属薬師としては許可を出す他なかった。

朝廷では果氷国の次の攻撃を懸念していた。杭につけて撃ち出したのならば、外れることも考えているはずだ。ならば、他にも竜殺石はある。次もまた同じ攻撃をしてくるに違いない。

だが、そこから侵攻はぴたりとやんだ。黒竜が敵軍の本体をこれでもかと叩き、ほぼ壊滅したとのことだから、竜殺石での攻撃は最後の足掻《あが》きだったのだろうと思われた。

花嫁を迎えてもうすぐ一年という頃、二人はまだ子を成せないでいた。

すると、花嫁選定の儀を開くべきではないか、という話が持ち上がった。

すでに花嫁はいるのだから、本来ならやる必要はない。花嫁選定の儀は竜帝の魂の片割れを探すための催《もよお》しなのだ。

だが、竜帝があれだけ足繁《あししげ》く花嫁の元に通い、一年もたつのに子が出来ないのはどういうことか、という声が、宮廷内で大きくなっていた。その筆頭が白家《はく》だったのもあり、今年も花嫁選定の儀をすべきなのではないか、という意見が強かった。

当然竜帝は一蹴《いっしゅう》した。

魂の片割れは見つかったのだ。これ以上誰を探すというのか。これは片割れに対する侮辱だ。

そう、激怒した。

しかし白家も引き下がらなかった。花嫁を見つけることが白家の悲願。今までも竜帝が間違えることも考慮して後宮を整え、子が出来るようにと薬を作ってきたのだ。

白家は「後宮を維持するため」という大義名分を掲《かか》げた。

妊娠中は花嫁の所には通えない。生まれた後も毎晩通うことにはならないだろう。ならば後宮は必要だ、という理屈である。

後宮の女官や兵士の登用にしたって、集めた十六歳の女性の中から希望する者を募《つの》っている。妃嬪と同様に年をとっては後宮にいられないため、世代交代していくのだ。

世継ぎを設けるのが後宮の一番の役割だが、皇帝を慰め、世話をするのもまたその役割だった。

竜帝よりもさらに延珠が難色を示したが、白家の長老たちに命を賭《と》して直訴され、竜帝は折れた。二百年もの間、竜帝のためだけに仕えてきた白家の頼みを無碍《むげ》にすることはできなかったからだ。

そして、例年よりも遅れて開かれた花嫁選定の儀において、竜帝が別の花嫁を見つけることはなかった。

沙羅は二十一になっていた。

「竜帝さま」

ある日の朝、後宮の私室で花嫁と朝餉《あさげ》をとった竜帝に薬を渡しながら、沙羅がおずおずと申し出た。

「あの、切立花を採りに行きたいのですが」

竜帝はぐっと碗《わん》をあおった。

「わかった。朝議の前に済ませてしまおう」

ちらりと延珠を見た後に、碗を返しながら竜帝が首肯《しゅこう》する。

「竜帝様」

立ち上がろうとする竜帝を、延珠が袖《そで》をつかんで止めた。

「どうした?」

「この娘をお背中にお乗せになるのですか」

「そうだ」

「やめて下さいませ」

「なぜだ」

延珠は目を潤ませた。

「わたくし以外の女が竜帝様に触れるのが嫌なのです」

「だが、わたしが行かねば花を採ることができない。わたしの薬に必要なのだ」

竜帝が延珠を抱き寄せて黒髪を優しく撫でる。

沙羅は、とうとう来たか、と思った。

延珠が沙羅を良く思っていないのは明らかだった。

果氷国の侵攻で傷ついた竜帝にしがみつく延珠を、治療が優先だ、と何度も引きはがした。そのたびに睨みつけられていた沙羅だったが、最近は薬を献上しに行くたびに嫌な顔をされる。

これで子が出来ていればまた違ったのかもしれないが、一向に授からないことに、延珠は苛立《いらだ》っているようだった。

なぜ身の回りの世話をする女官たちではなく、ほぼ接点のなくなった沙羅に嫉妬《しっと》が向けられるのかといえば、恐らく、通常後宮にいられる期間を過ぎても居残っていることが不満なのだろう。二十を数えることが滅多《めった》にない後宮で、服薬している沙羅は余計に一年も多く過ごしており、そしてあと数年はいる予定だ。

だから沙羅はこれまで以上に気を遣っていた。

気安い態度を改め、女官と同じくらい丁寧に竜帝に接して、物理的にも精神的にも竜帝と距離を置くように努めていたのだ。

ただ一つだけ、竜帝と沙羅が長く二人きりになる時があった。切立花の採取だ。

果氷国からの攻撃がなくとも、定期的に採りに行かなくてはならない。乾燥させて長持ちするようにはしているが、それでも限界がある。

その時ばかりは、以前と同じように気安く接していた。

黒竜の上での二人の様子を延珠が知る術《すべ》はない。それでも感じるものはあるのだろう。それはきっと女の勘というだけではない。魂の片割れだからこそわかることもきっとあるのだ。

それを察していた沙羅は、切立花を採りに行きたいと言い出すのも、ずっと機を窺《うかが》っていた。延珠のいない隙を狙っていたのだ。

だが、今回は都合のいい時機が見つからないまま、とうとう期限が来てしまった。今日採りに行かなければ、万が一の時に薬効の落ちた薬を使うことになる。

「存じております。ですが、竜帝様がお乗せになるのはその娘だけとのこと。以前は薬師が足で採りに行っていたと聞きました。では、竜帝様が行かれなくてもよろしいではありませんか」

「わたしが飛んだ方が早い」

竜帝は困った顔で延珠と沙羅を見た。

「これはわたくしの我儘《わがまま》でございます。ですが、どうかお聞き届け下さらないでしょうか」

ついに延珠ははらはらと涙をこぼし始めた。

他の女性に触れてほしくないという気持ちはわかる。沙羅だってずっと延珠に嫉妬しているのだから。

しかしここは後宮だ。子作り中の今でこそ竜帝は延珠にべったりだが、子が出来れば他の妃嬪の元にも通うようになる。ならば、沙羅が黒竜の背に乗せてもらう程度のことをどうこう言っても仕方がない。

ただ――黒竜に乗るのを許されているのは沙羅だけだ。それも気に入らないのだろう。言えば他の者でも乗せてもらえるはずなのだが、畏《おそ》れ多くて誰も言い出さない。

もちろん竜帝は延珠も背に乗せたことがある。

だが延珠は、黒竜がふわりと宙に浮かんだ途端に悲鳴を上げ、少し高度を上げげただけで降ろしてくれと泣き叫んだ。

ひどく怯《おび》えてしまい、それ以来、二度と竜帝の誘いに乗ることはなかった。

そもそも延珠は、黒竜の姿からして苦手なようだった。黒竜が傷を負っていた時も、その取り乱しようからすれば真っ先に中庭に駆け降りてきてもおかしくないのだが、人型になるまでは決して近づいてこない。

絶対に落ちたりしないのに、と沙羅は思う。

ふわりと抱き締められているようなあの感覚。竜帝は沙羅を乗せる時には毎回必ず、落ちるなよ、と言うが、たとえ黒竜が宙返りをしたとしても、絶対に落とされはしないのだと沙羅は確信していた。怯える必要など全くない。

硬く冷たいはずなのになぜか温かく感じる鱗。羽ばたくたびにばさりと音のする翼。下から振動を伴って聞こえてくる普段よりもぐっと低い声。

その全てからあんなにも優しさを感じるのに、何を怖いと言うのか。

延珠が黒竜の背に乗った時、沙羅はもしものためにその場に待機していたのだが、二度と乗らないと宣言された竜帝は少し寂しそうだった。

延珠はそれからますます竜の姿が苦手になったようで、沙羅が乗せてもらう時の見送りにすら来なくなった。

本来の姿である黒竜が苦手だなどと片割れとしてどうなのだ、と思わなくはないが、無理なものは無理なのだろう。沙羅なら竜帝がずっと黒竜でいたとしても構わないのに。

「片割れがそこまで言うのなら」

竜帝は延珠の髪を手櫛《てぐし》で梳《す》いた。沙羅の所にまで延珠の甘い香りが漂《ただよ》ってきた。

「沙羅、悪いがわたしは行けない」

「わかりました」

眉を下げて申し訳なさそうに言った竜帝に、沙羅は淡々と返した。竜帝は延珠に――特にその涙に弱いのだ。延珠が言い出した時点で結果は決まっていた。

沙羅は立礼をして静かに退出した。

空《から》の碗の載ったお盆を持って薬室に向かいながら、これまで黒竜の上で話してきたことを思い出す。

最近あった嬉しかったこと、新しく見つけた物、できるようになったこと。たわいのない話で笑い、花などどれでもいいと文句を言う黒竜に、役に立ったでしょうと言い返し、また笑う。

そんな時間さえも、沙羅には許されなくなってしまった。

だが、落ち込んでいる場合ではない。竜帝が連れて行ってくれないのであれば、自分で採りに行くしかないのだ。急いで出発しなければならない。

切立花が咲いている崖はそれほど遠くない。馬で駆ければすぐだ。時間がかかるのは、体を綱一本で支えて崖を降り、花を摘んでからまた登らなければならないところだった。

沙羅は盆を薬室の卓に置くと鳴伊に崖行きを告げた。昼餉と夕餉の薬の調合を代わりにするように言う。夕餉には間に合うだろうが、念のためだ。

沙羅でなくても花は摘んで来られる。しかし沙羅には常に最高の薬を常備しておく責務がある。それが筆頭専属薬師というものだ。ならば目利《めき》きができる沙羅が採りに行くのが一番だった。

他にやるべきことの指示も終えると、沙羅はすぐに後宮を出て専属薬師が詰めている部屋へと行き、崖行きの有志を募《つの》った。

朝の薬草園の世話は専属薬師が総出で行うが、日番でない専属薬師たちは日中、外へ薬草を採りに出掛けたり、宮廷にある薬室で薬の調合をしたりする。

ちょうど朝の世話が終わった時だったらしく、部屋にはまだ薬師がたくさん残っていた。解散すれば各々《おのおの》散らばってしまうから、急いで来て正解だった。

「切立花を採りに行くんだけど、空《あ》いてる人いない？」

「竜帝様と行かないのかい？」

「花嫁様が……」

ああ、と納得したような声が方々で上がる。とうとう花嫁が言い出したのだろう、と想像するのは容易だ。

行くよ、と手がぱらぱらと挙がる。

「姉ちゃん、俺も行っていい？」

おずおずと言い出したのは呂宇《ろう》だった。まだ切立花を採りに行ったことがない。

そろそろ経験させた方がいいだろう。

「いいよ」

「やりぃ！」

切立花を採るのは大変なだけなのだが、呂宇は両腕を挙げて喜んだ。

そこに香瀬《かせ》がやってきた。

「あれ、沙羅がいる。どうした？」

「切立花を採りに行ってくれる人を探しに来たの」

「なんで竜帝様が——ああ、そういうことか」

香瀬も延珠のせいなのだとすぐに察した。

「俺も行くわ」

「香瀬兄《にい》が来てくれるなら嬉しいけど、忙しくないの？」

「今日は非番。ちょっと手伝いに来ただけだから」

「ありがとう」

「ん」

メンバーが決まり、準備を整えて、沙羅たちは切立花の生える崖へと向かった。

切立花の採取において、沙羅はなにも初めから竜帝に頼っていたわけではない。まだ一介の専属薬師だった頃は、先代に連れられて自分の足で採っていた。

竜帝に連れて行ってもらうようになったのは、沙羅が筆頭専属薬師になってから。地方の視察に同行し、先に飛んで帰ると言った竜帝に乗せてもらった時、ついでにと頼んだのがきっかけだった。

翼のないただの人間が命綱一本で崖を登り降りする危険性を知った竜帝は、それ以来沙羅に付き合ってくれるようになった。

最近はずっと竜帝に甘えていたが、それなりに危険な所に材料を採りに行く機会は他にもあり、沙羅の体が鈍っているようなことはなかった。

だから沙羅は、すぐに採取して帰れるだろうと楽観視していた。

崖の上まで馬でたどり着いた沙羅たちは、綱の一端を手頃な木の幹に、もう一端を自分の体にくくり付け、それぞれゆっくりと崖を降りていった。

足で崖を蹴《け》りながら、分厚い革の手袋をつけた手で縄を少しずつ繰り出していく。あまり一気に降りると速度がつきすぎて危険だし、慎重になりすぎると時間がかかる。

しかしそこは慣れている専属薬師たち。みな軽快に降りていく。沙羅も同様だ。

初めて来た呂宇だけは、両の手足を使って恐《おそ》る恐《おそ》る降りていた。万が一滑って落ちた時のことを考え、綱は短めにしてある。

その様子を見て、懐かしいな、と沙羅は微笑《ほほえ》んだ。かつては沙羅もあんなふうにおっかなびっくり降りていたものだ。

今日は鳴伊には沙羅の代わりに留守番をさせていたが、今度は連れて来ようと思った。そのうち目利きも教えなくてはならない。

切立花が生《は》えている辺りまで降りると、沙羅は崖に手足で取り付き、横移動しながら、他の専属薬師が見つけた花を確認していく。

「これはどうだ?」

「んー、ちょっと遅いと思う。花が開きすぎ。もう少し閉じてるのを探して」

「おーい、こっちはどうだ?」

「ああ、それ良い。持って帰ろう」

「よしっ」

誰がいい花を見つけるか、という競争が自然と始まる。年季の入った薬師の方が見る目があるが、若者は探すのが速い。沙羅は高度を下げながら呼ばれるままに動いた。

笑いながら、しかし慎重に、沙羅たちは切立花を採っていった。

「これくらいあれば十分。もう上がろう。遅くなっちゃうし」

崖は降りるよりも登る方が遥《はる》かに大変だ。不慣れな呂宇がいるから、のんびりしすぎると夕餉の薬が間に合わなくなる。沙羅の帰りが遅くなったところで鳴伊が代わりに調合《つく》るだけなのだが、竜帝に会える時間を何度も逃したくはなかった。

「姉ちゃん、まだあるぞ」

「たくさん採っても質が下がるだけなんだって教えただろ。何のために沙羅が来てると思ってるんだ」

短い綱を目一杯伸ばした呂宇が、上の方で従兄《いとこ》に笑われていた。

「香瀬兄、あんまり呂宇をいじめないで。初めて来たんだから」

「姉ちゃん、そこかばわれると逆に格好悪いんだけど……」

「え、そうなの？」

わかってないなぁ、と今度は沙羅がみんなに笑われた。

両手両足で崖に取り付きながら、沙羅たちはえっちらおっちらと着実に崖の上へと登っていった。

「ほら呂宇、もう少しだよ、頑張れ」

「これきっっつ。姉ちゃんなんでそんなに速く動けるんだよ。ヤモリみてぇ」

「ひどっ。花の乙女《おとめ》を捕まえてヤモリとは何よ、ヤモリとは！」

四苦八苦している呂宇の背中を叩いた沙羅は、およそ二十一の女性には似つかわしくない生き物に例えられ、口をとがらせた。

「花の乙女！　それ自分で言――わっ」

沙羅の反論を馬鹿にしかけた呂宇は、足を滑らせてずるっと落ちた。なんとか岩にしがみつき、落下を免《まぬか》れる。

「ちょっと大丈夫？」

「っぶねぇ。びびったあ」

「無駄口叩いてるからだよ。気をつけて」

沙羅のみならず、その場にいた薬師全員が胸を撫《な》で下ろした。命綱があるとはいえ、落ちた時に崖に頭でもぶつけたら大変なことになる。

「ほらそこつかんで。そっちの手はここ」

斜め下に下がった沙羅が、丁寧に手足をかける場所を教えてやる。

「あっ駄目そこ足かけちゃ――」

「え？」

沙羅の制止の声は間に合わず、呂宇はそこにぐっと体重をかけていた。

途端。

「うわぁっ」

踏んづけた苔《こけ》が岩肌からはがれ、呂宇が再びずるりと滑った。今度は両手まで離れてしまう。

しかし、沙羅同様に呂宇を心配して側《そば》に来ていた香瀬が、とっさに呂宇の服をつかんで支え、なんとか呂宇の落下は避けられた。

「危《あぶ》ね」

だが——。

「ぃたっ！」

体勢を崩した呂宇が手足をばたつかせた結果、その足が沙羅の顔に直撃していた。

ゴッと嫌な音がした。

視界の中で火花が散る。その衝撃で沙羅が手を離すことはなかったが、痛みで動けなくなった。

「ご、ごめん、姉ちゃん！　ごめん、大丈夫っ⁉」

「いや、大丈夫じゃない。痛い」

呂宇は崖に取り付き直し、沙羅に謝った。沙羅は淡々と返答をしたものの、痛くて痛くて堪《たま》らない。

「おい、大丈夫か⁉　目は？」

香瀬がするすると降りてきて沙羅の顔を覗《のぞ》き込んだ。

「目は無事。とにかく痛い」

呂宇のつま先が当たったのは左頬だった。目だったら失明待ったなしの蹴りだった。

「よかった。ああ、これは腫《は》れるな。冷やした方がいい。上がれるか？」

「無理。しがみついてるので精一杯」

「よし、負《お》ぶってやる」

香瀬は崖にぺたりと体を寄せた。

「俺の背中にしがみつけ」

「ええ!?　無理だよそんな。二人分の体重じゃさすがに香瀬でも登れないよ」

「ばーか。俺だけの力で登るわけないだろ。上からも引っ張ってもらうから」

「な、なるほど」

「おーい、大丈夫かぁ？」

動かない三人を心配して、上から声が降ってきた。

「なんとか無事！　沙羅が動けないから俺が背負う！　二人分の縄を引っ張ってくれ！」

「わかった！」

ぴんっ、と縄が張り、足にかかる体重が減る。

沙羅はゆっくりと横移動を始めた。動くたびに蹴られた所に痛みが走る。顔をしかめると余計に痛いので、努めて無表情を作った。

やっとの思いで香瀬の背中に回った。いきなりしがみつくと危ないので、手足はまだ崖につけたままで、香瀬を挟んで壁に取り付いている体勢になった。香瀬の背中の温かさが服を通してお腹《なか》に伝わってきた。

「呂宇はしばらく待ってろ」

「うん。姉ちゃん、ほんとごめん」

「いいから。それよりここで泣いたら危ないから我慢しなさい。今度は落ちないでよ」

「うん……」

泣きそうな顔になっていた呂宇に言って、沙羅はそろそろと香瀬の首に腕を回した。首を絞めないように気をつける。

「平気?」

「平気平気。――上がるぞー!」

「おーし、来い!」

ロープがじりじりと引かれるのに合わせて、香瀬が崖を登っていく。

揺れるたびに頬が痛んだが、これぱかりはどうしようもない。沙羅は必死で香瀬にしがみついた。

崖の上に到着した時には、沙羅の顔の左側はぱんぱんに腫れていた。下まぶたが押し上げられ、半分しか目が開けられない。

沙羅は地面に寝かされた。

「こりゃ酷いな」

香瀬が顔をしかめた。周りの薬師たちも痛そうな顔をしている。

「ひょんなに？」

顔の皮膚が引っ張られていて、上手《うま》く話せない。そして痛い。

「沙羅、我慢しろよ」

香瀬が深刻な顔でそう言ったかと思うと、突然沙羅に馬乗りになった。沙羅の手足を男たちが押さえつける。口に布がかまされた。

驚いて悲鳴を上げそうになった沙羅だったが、次の瞬間に襲ってきた激痛によって声にならない叫び声を上げた。

「――――!!」

香瀬が沙羅の腫れている頰に触れたのである。それどころか、ぐいぐいと親指で強く押してくる。沙羅の体が跳ねるが、複数人にがっちりと押さえつけられていて動けない。

ようやく香瀬が手を離した時には、沙羅の目からとめどなく涙がこぼれていた。

「折れてはなさそうだな」

香瀬は沙羅の上から下りた。

酷い、と沙羅が涙をこぼしながら香瀬を睨んだ。触診するなら前もって言ってほしかっ

た。

「びっくりして最初の一瞬は痛くなかっただろ」

しれっと香瀬が言う。沙羅は文句を言いたかったが、口を動かすと痛いので不本意ながらも何も言えなかった。唸《うな》り声だけが口から出た。

香瀬は薬を塗った布を沙羅の傷の上に貼った。白家が調合《つく》った薬である。効果はお墨付きだ。

「姉ちゃん！」

そこへ沙羅たちと同じように引っ張り上げられた呂宇が駆けてきた。沙羅の顔を見てわなわなと口を震わせる。

「骨は折れてない。まだまだ腫れるだろうが、何日かすれば治る。よかったな、姉ちゃんの顔に傷残すことにならなくて」

香瀬が呂宇の頭に手を乗せると、呂宇はわっと泣いて沙羅のお腹にすがりついた。沙羅はその頭を撫でてやった。

結局、沙羅はその日のうちに帰ることはできなかった。痛み止めも飲んだが、それでも揺れる馬の上には乗っていられなかったのだ。

薬師の大半は王都に帰還し、香瀬たち数人が沙羅のために残り、その場で野宿をすることになった。呂宇は残りたがったが、残ったところでできることはない。沙羅に心配ないから帰れと言われ、泣きながら帰っていった。

野宿といっても、日帰りの予定だったため装備は何もない。それを取りに行く面々も帰還組と一緒に帝都へ向かった。

「わたひのひゃめに、ひょめん」

「何言ってんだ。気にすんな」

沙羅に対してはもちろんのこと、蹴った呂宇に対しても、誰も責めるようなことは言わなかった。これは事故だ。誰が起こしてもおかしくなかった。

日が落ち、帰還組はそろそろ帝都に着いただろうか、という頃になって、焚《た》き火で暖をとっていた沙羅たちは、ばさりという羽音を聞いた。

まさかと思って振り仰げば、鱗を炎に煌《きら》めかせる黒竜がいた。

黒竜はふわりと風もなく降り立つと、指に引っ掛けていた荷物をとさりとその場に置き、人型をとった。

それを見ていたのは沙羅だけだ。他の薬師たちは黒竜を見た瞬間に平伏していた。

「沙羅っ！」

竜帝が寝かされたままの沙羅に走り寄った。

「怪我をしたと聞いた。大丈夫なのか？」

「あい」

沙羅は短い返事をした。痛みに眉が寄る。竜帝も同じように痛そうな顔をしていた。

「ああ、話さなくていい。誰か沙羅の容態の説明を」

「俺が」

顔を上げたのは香瀬だ。

「目は無事ですし、骨も折れておりません。頭も大丈夫でしょう。頬が腫れているだけでございます。痛みで馬に乗れないため、今日はこのままここで寝かせておきます」

「そうか。必要な物を持ってきた。痛み止めも入っているはずだ。飲ませてやってくれ」

「御自《おんみずか》ら、恐れ入ります」

香瀬が叩頭《こうとう》した。

「いい。筆頭薬師がいないとわたしも困るからな」

その言葉に、沙羅の胸がずきりと痛んだ。

竜帝がわざわざ来てくれたことに感激していたのに、それは「沙羅」のためではなく、「筆頭専属薬師」のためだった。

「わたしは戻る。みな、沙羅を頼んだぞ」

言うが早いか、竜帝は黒竜に転じ、帝都の方へと飛び去っていった。

あっという間の出来事だった。

夜に発する竜気に男たちがあてられないよう気を遣ったのもあるだろうが、延珠の所に今すぐにでも戻りたいという気持ちもあるのだろう、と沙羅は思った。

平伏していた男たちは黒竜の翼の音が聞こえなくなると頭を上げ、黒竜が運んできた荷物を開いた。

人ひとりではとても持てそうにないその大きな包みには、野宿に必要な物が一揃《ひとそろ》いと、沙羅に必要な薬がいくつか入っていた。帝都に戻った連中が包んだのだろう。

まさか黒竜が来るとは思っていなかった彼らだったが、好意はありがたく頂くことにした。

沙羅にはさっそく鎮痛剤が与えられた。それでも痛みは抑えきれず、眠れぬ夜を過ごすのだった。

閑話　嫉妬　side 延珠

竜帝が怪我《けが》をした沙羅《さら》のために薬を届けに行ったと夜起《よき》から聞いて、延珠《えんじゅ》は壁際に置いてあった壺《つぼ》をつかんで床に叩《たた》きつけた。

「どうかなさいましたか⁉」

部屋の入り口を守る女性兵がどんどん、と扉を叩いた。

「何でもないわ。手を滑らせただけ」

延珠がそう言うと、叩打《こうだ》の音はやんだ。

夜起が破片を淡々と片付けていく横で、苛立《いらだ》ちが収まらない延珠は長椅子《ながいす》のクッションに小刀を刺し、びりびりに引き裂いた。中の羽毛が宙を舞う。

夜起が隠れてため息をついた。

「どうして竜帝様はあの娘のことをあんなに気になさるの⁉」

衛兵に聞こえないよう、吐き捨てるように延珠が言った。

夜起は何も答えなかった。

延珠は返答を求めているわけではない。何か言えば逆に怒りを買うだろう。

「忌々《いまいま》しい」

二つ目のクッションに刃が突き立った。

いつものたおやかな様子はどこへやら、延珠の顔は醜く歪《ゆが》んでいる。

「どうにかならないの⁉　あの娘は邪魔だわ！」

「宮廷《ここ》では専属薬師の権限が強いのでございます。特に筆頭専属薬師は、竜帝様の御身に関しては冢宰《ちょうさい》よりも発言力があるとか。白《はく》家は代々竜帝様に仕えている一族で、竜帝様も重用《ちょうよう》しております」

「そんなことは知っているわ！　なんとかしなさいと言っているのよ！　あの娘があと何年も竜帝様のお側《そば》にいるなんて耐えられないわ！」

「そうですね……」

手に持った壺の破片をじっと見つめた夜起は、しばし黙考し、そして顔を上げた。

「一つ案がございます。上手《うま》くいけば白沙羅を後宮から追い出すことが叶《かな》いましょう。必要な物が手に入ればの話ではございますが」

「何がいるの？　お父様にお願いするわ」

「では――」

夜起から必要な物と計画を聞いた延珠は、にんまりと笑った。

「そうね。それならあの娘もここにいられなくなるわね」

延珠はさっそく父親に文《ふみ》をしたため始めた。

第4章

専属薬師の剥奪

朝になるのを待って帝都へと戻った沙羅《さら》は、後宮に入る前に、白家《はく》に与えられた宮に寄った。

「こりゃ酷《ひど》いね」

包帯を外して言ったのは母親だ。

布を巻いていても隠しきれないほどぷっくりと腫《は》れていて、ここに来るまでにたくさんの視線を集めてきたから、どれほどのものかは覚悟していたつもりだ。

だが、しかめた母親の顔は本当に痛そうで、よほど酷いのだと思われた。

鏡は怖くて当分見られそうにない。

「姉ちゃん！」

沙羅が戻ったと聞いて、呂宇《ろう》が部屋に駆け込んできた。

そして長椅子《ながいす》に座る沙羅を見ると、ひどく狼狽《うろた》えた。昨日よりも悪化しているのを見て驚いたのだろう。

「これ、ほんとに骨折れてない？」

「香瀬《かせ》が診《み》たなら間違いないだろうさ」

恐《おそ》る恐《おそ》る訊《たず》ねる呂宇に母親が言った。

「沙羅が我慢できるなら、他の者《もん》にも診てもらうけど」

「れったいやら」

あんな痛い思い、二度とごめんだ。さらに腫れているというのなら、きっとあの時よりももっと痛い。

万が一折れていたとしても顔に添え木ができるわけでなし、どうせじっとしているしかないのだ。それなら確かめたって意味がない。

母親にたっぷりと軟膏《なんこう》を塗布してもらう。ひんやりとしたそれは塗った時こそ気持ちがいいが、そのうちじんじんと痛んでくるのを知っている。沙羅も何度も作ってきた。

薬の上に布を貼ってもらい、包帯も巻いてもらう。片方だけおたふく風邪《かぜ》にでもなったような見た目になった。

「母はん、あいがとう」

「無理するんじゃないよ」

「姉ちゃん、ごめん」

「事故なんひゃから気にひないへ。呂宇が落ひなくてよひゃったよ」

口を動かすだけで痛んで仕方がないが、呂宇を安心させるために笑顔を作った。

呂宇が何度も謝るのをなだめ、仕事に行く、と言って、沙羅は宮を出た。

後宮の外にいる間はじろじろと見られるだけで済んだが、中に入ってからは嫌な視線を受けた。ざまぁ見ろ、と言わんばかりの顔を向けられる。

沙羅にしてみれば慣れたものだが、それでいて怪我《けが》や病気があれば沙羅の作った薬を頼りにするのだから、みな現金なものだ。

薬室に着くと鳴伊《めい》が飛んできた。

「沙羅姉様、大丈夫⁉」

「らいひょうぶ」

「全然大丈夫じゃなさそう……」

鳴伊も母親同様、顔をしかめた。

「薬はれきた？」

朝餉《あさげ》が終わる前に持って行かなくてはならない。そろそろ作り始めないと間に合わない。

「今から」

沙羅の両手は無事だから、薬を作るのに支障はない。しかし、せっかくだから鳴伊に作らせることにした。昨日の昼と夜にちゃんと作れたのかも確認したい。

沙羅の心配をよそに、鳴伊は慣れた手つきで調合していったし、完成品も問題なかった。ちゃんと代わりは務められていたようだ。もう沙羅がいなくても大丈夫かもしれない。目利《めき》きはまだだけれど。

「合格」

「やった！」

沙羅の代わりができることは重要だ。

突然沙羅が死ぬことだってある。昨日だって、一歩間違えば失明していたし、蹴《け》られた所が悪ければ死んでいたかもしれない。滑落した可能性だってあった。

これくらいで済んでよかった、と沙羅は頰にそっと手で触れた。

その沙羅の前に、鳴伊が薬を入れた碗《わん》を載せた盆を差し出す。

沙羅は憂鬱《ゆううつ》な気分になった。今からこれを竜帝の所に持って行くのだ。赤黒い内出血の痕は隠しているとはいえ、頰はぱんぱんに腫れている。これを見た竜帝はどう思うだろうか。

まだ休んでいればよかった、と沙羅は筆頭専属薬師にあるまじき思いを抱《いだ》いた。

「鳴伊、一緒に来てふれない？　私、顔伏せていひゃいから」

「えぇ？　私が？　また？」

「そう。竜帝ひゃまの前にお盆らすらけれいいから」

「……わかった」

「あ、あと具合も聞いひぇね。花嫁ひゃまにも。私まら上手《うま》く話せないから」

「お盆出すだけじゃないじゃん……」

竜帝様怖いんだよなぁ、と鳴伊が呟《つぶや》く。やっと沙羅姉様が戻ってきたのに、とも。

薬を飲み始めてからも、鳴伊はまだ竜帝が怖いらしい。

これはどうにかしなくてはならない。専属薬師は竜帝が怖いから嫌だとは言っていられないのだ。もちろん個人的な感情で鳴伊が責務を投げ出すとは思えないが。

沙羅が鳴伊に帳面と筆記具を渡した。

「さへ、行こうか」

沙羅は拱手《こうしゅ》で顔を隠しながら先導する鳴伊に続いた。向かうのは延珠《えんじゅ》の部屋だ。

「失礼いたします。竜帝様、お薬をお持ちしました」

部屋に入って沙羅と鳴伊は一礼する。声を出したのは鳴伊だ。

竜帝は朝餉の最後に出る茶を延珠と寄り添って飲んでいた。ぎりぎり時間に間に合ったことになる。

竜帝の前までしずしずと進むと、沙羅は平伏し、盆を持っている鳴伊はその横で立って目を伏せた。

「沙羅、もう加減はいいのか」

「はい。よくなりました」

竜帝が問う声に、沙羅がそのまま答える。舌ったらずにならないように、なるべくはっきりと喋《しゃべ》った。大きく口を動かすと頬が引きつって痛んだが、我慢した。

「顔を見せてみろ」

見てどうするんだ、と沙羅は思った。心配してくれるのは嬉《うれ》しいが、見られたくない。好きな人にこんな顔を見られるなんて嫌だ。包帯を巻いているのでさえ嫌なのに、怪我をしているのだから察してほしかった。

「お見苦しいらけれす」

沙羅が滑舌悪く言うと、竜帝は立ち上がって沙羅に歩み寄った。

手を沙羅の肩にかけ、体を起こすように促す。さすがに拒むことができず、沙羅は顔を上げた。

腫れた顔を見た竜帝が眉《まゆ》をひそめた。その金色の瞳に自分の不細工な顔が映っているのを見て、沙羅は嫌な気分になった。

だが、その気持ちは次の竜帝の行動で吹っ飛ばされる。

「可哀想《かわいそう》に」

そう言いながら、竜帝は沙羅の腫れていない方の頰に手を添えたのだ。

驚いた沙羅がびくりと肩を揺らした。黒竜の背を除けば、出征の際に頭に手を置かれて以来の接触だ。そして顔をこんなふうに優しく触れられることは、もう何年もなかった。

「すまぬ。痛んだか」

「いえ。驚いたらけれす」

竜帝は一度離した手を、もう一度添えた。

「わたしが行っていればこんなことにはならなかったのに」

竜帝の美しい顔がすぐ目の前にあって、沙羅は自分の顔が熱くなっていくのを感じた。

竜帝の手はひんやりとしているのに、そこから熱が広がっていくのがわかる。

脈拍が速くなっていくとともに、反対側の傷がずきずきと痛み出した。

「竜帝様、そんなにご心配なさらなくとも、薬師ですもの。手当てには慣れているでしょう」

いつの間にか花嫁が側《そば》に来ていて、沙羅の頬に触れていた竜帝の腕に手をかけた。竜帝の手が沙羅の頬から離れた。

「竜帝様、早くお薬をお飲み下さいませ。せっかく薬師が持ってきたのですから」

「そうだな」

延珠が鳴伊から盆を取り上げて、竜帝へと差し出した。碗を取った竜帝がぐいっと飲み干す。

空《から》の碗を置いた盆が返され、それを脇机に置いた鳴伊は、沙羅の隣に跪《ひざまず》いて帳面を取り出した。

「本日のお加減はいかがでしょうか」

「いつも通りだ」

「それはなによりでございます。花嫁様はいかがでしょうか」

「悪くないわ」

「承知いたしました」

書きつけるほどでもないが、鳴伊はその場でしっかりと言葉を書き取り、叩頭《こうとう》した。

「それでは失礼いたします」

「ご苦労だった。薬師、昼と夜はお前が来い。沙羅は養生して早く治せ」

「お気遣いありがとうございます」

沙羅は鳴伊と共に立ち上がり、その場で一礼した。

扉の前でもう一度立礼をした時、頭を上げた沙羅は顔を強張《こわば》らせた。

延珠がにこにことした顔で沙羅を見ていたのだ。

口元は優雅に弧を描いていたが、その目は笑っていなかった。


周りの疑惑の目、一向に子を成せないことへの焦り、実家からの無言の催促。そういった重圧もあってか、延珠は目に見えて荒れていった。

誰も表立っては言わないが、早く早くと延珠を追い詰めていった。それは月のものの不順を呼び、ますます子が出来にくくなるように思われた。

急《せ》いていなかったのは竜帝だけだ。

当事者の一方である竜帝だけは、片割れを見つけた時と変わらず鷹揚《おうよう》に構えていた。二百年も待ったのだ。今さら数年くらい子を待つのは大したことではない。

それに、竜帝にとっては、子が出来ることよりも、魂の片割れである延珠が自分の手の中にあることが重要だった。

周囲は子が出来なければ真の花嫁だと認めないかもしれないが、竜帝自身は延珠が片割れであると確信している。ならばそれで十分だった。子は出来なくとも構わないとさえ思っていた。

しかしだからといって延珠の焦りを緩和させることはできない。

ついに延珠は、とんでもないことを言い出した。

ある時、朝の煎《せん》じ薬を竜帝へ献上しに行ったところ、突然延珠が叫んだ。

「わたくしに竜帝様の子が授からないのは薬師が悪いのです！　薬師がわたくしに毒を盛っているに違いありませんわ！」

あまりの言葉に沙羅は絶句した。

私が毒を？　花嫁に？　なぜ？

「まさか」

竜帝が一笑に付す。

「いいえ、そうに決まっております」

「そんなことしません」

沙羅は顔を上げてはっきりと否定した。

どんなに延珠が妬《ねた》ましくとも、沙羅には筆頭専属薬師の肩書、そして白家の一員としての矜持《きょうじ》がある。延珠——いや誰に対してだって、毒を盛るなどあり得ない。

「あなた、竜帝様をお慕いしているでしょう」

「ええ。お慕いしています」

沙羅は躊躇《ちゅうちょ》することなく認めた。

竜帝の目がわずかに見開かれる。

「白家は代々、国ではなく竜帝さまにお仕えしてきました。竜帝さまのお役に立つことが私たちの誇り、魂の片割れを見つけて差し上げることが私たちの悲願。竜帝さまをお慕いする気持ちにおいて、私たち白家は誰にも負けません」

沙羅はきっぱりと言い切った。

「竜帝様、お聞きになりまして？　この薬師は、竜帝様の魂の片割れであるわたくしを差し置いて、自分たちが最も竜帝様をお慕いしていると申しました。これはわたくしを蔑《ないがし》ろにしているも同然です。先日も白家は花嫁選定の儀を強行いたしました。白家はわたくしが気に入らないのだわ」

「白家はわたしがこの国に呼ばれた時からずっと仕えてきている。沙羅も何年もわたしの薬を作り続けているのだ。沙羅の言うように、白家は片割れを見つけるために尽力してくれた。せっかく魂の片割れが見つかったのだから、毒を盛るようなことはしない」

「白家はそうかもしれません。ですがこの薬師は別です。竜帝様は特別扱いしすぎですわ。竜帝様に対する無礼な態度も許せません」

特別扱いなんて――と沙羅は唇を嚙《か》みしめた。

だが、出征の際に頭に手を置かれたことといい、先日の頰に触れられた件といい、否定はしきれない。つい先ほども、思ってもみなかったことを言われて、とっさに竜帝の許しもなく発言してしまった。

竜帝は、沙羅以外が同じことをしても咎《とが》めたりはしない、と沙羅は知っている。だが延珠はそうは思わないのだ。冢宰《ちょうさい》の清伽《せいか》も平伏しないのだが、女官たちは常に畏《かしこ》まっているから、沙羅も同様にすべきだというのだろう。

延珠が取り乱すことなく冷静にここまで反論するのは、沙羅が見る限り初めてのことだった。

それは竜帝にとっても初めてだったのだろう。竜帝は戸惑っていた。

そして竜帝は花嫁と沙羅の顔を交互に見ると、花嫁の肩を抱き寄せて口を開いた。

「沙羅」

たった一言、名前を呼んだだけ。

だが沙羅には伝わった。それがとても悲しかった。

「ご無礼をお許し下さい」

沙羅は顔を伏せて叩頭した。

竜帝との距離が開いた瞬間だった。

「わたしもこれからは気をつける」

竜帝は延珠の髪を一筋取って、口をつけた。

話はもう終わったのだから、と沙羅は退出を申し出ようとしたが、延珠の「お願い」はまだ終わらなかった。

「竜帝様、この薬師を専属薬師から外して下さいませ」

延珠の甘えた声に、沙羅は思わず頭を上げそうになった。それをぐっとこらえる。

「何を言う。沙羅は筆頭薬師だ。外せるものか」

「半年、いいえ三ヶ月でいいのです。この薬師がわたくしに毒を盛っているのではないかと不安ですの。薬師を後宮の外に置き、薬は他の者に作らせて下さい。果氷国《かひょうこく》の侵攻もしばらくありませんもの」

延珠が竜帝にしなだれかかった。

竜帝はため息をついた。

「……わかった」

ばっ、と今度こそ沙羅は顔を上げた。

「三ヶ月だけだ。沙羅を専属薬師から外す。わたしの薬は他の者に調合させるように。わたしと片割れの健康管理もだ」

竜帝の言葉に、沙羅の瞳が揺れた。裏切られた、と思った。

目の前が真っ暗になっていく。

「筆頭」の肩書の剝奪だけではなかった。後宮で竜帝の側に仕えるだけではなく、宮廷内で薬を扱うことさえも禁じられたのだ。

専属薬師であることは、沙羅を沙羅たらしめているものだ。沙羅からそれを取ったら何も残らない。沙羅にとってはこれ以上の打撃はない。死と同義とさえも言えた。

たとえ三ヶ月という短期間であったとしても。

「沙羅」

竜帝が静かに呼んだ。ひどく冷たい声だった。

「……承知いたし、ました」

沙羅は床に額をつけた。


突然お役目を外され、鳴伊への引き継ぎを終わらせた沙羅がまずやったのは、自室の大掃除だった。ずっとやらねばと思いながらも、日々の仕事を言い訳にして疎《おろそ》かにしていたのだ。

たまっていた不要な物を片付け、天井板から窓の桟《さん》までしっかりと拭き上げると、竜帝の決定に納得いかない気持ちも、汚れと一緒になくなっていったような気がした。

そこへ、とんとん、と扉を叩《たた》く音がする。

「結亜《ゆあ》!?」

廊下にいたのは結亜だった。

「しっ。早く入れて！　見つかっちゃうでしょ！」

いるはずのない結亜が現れたのに驚いて声を上げた沙羅は、口を塞《ふさ》がれ、勢いに圧《お》されて数歩後ずさる。一緒に結亜は沙羅の部屋に侵入し、素早く扉を閉めた。

「どうやってここに」

下級女官はよほどのことがなければ後宮の奥には入って来られない。しかもここは専属薬師に割り当てられている区画だ。竜帝に深く関わる重要な人物として、警備が厳しくなっている。

「ふっふっふ」

結亜は不敵な笑みを浮かべた。

「仕事？」

「ううん」

「じゃあ早く戻らないと」

「お休みを貰《もら》ったわ」

「休み⁉」

女官には基本的に休みはない。仕事はいつも山のようにあるし、人手は常に足りていない。後宮にいられるのは十六歳からせいぜい十九か二十まで。花嫁選定の儀を機に一斉に入って来る新人たちはすぐには使えず、仕事ができるようになったかと思えば竜気の毒気にやられ、櫛《くし》の歯が欠けるようにいなくなってしまう。

「お腹《なか》が痛いって言って仮病を使ったの」

「仮病！　なんでそこまでして」

沙羅が目を丸くして言うと、結亜は片手を腰にあてて、もう一方の手は指を一本立てた。それを沙羅の目の前に突きつける。結亜の癖だ。

「あんたのために決まってるでしょ？　あたしが自分から奥に来るって言ったらそれしかないの。いい加減学習しなさいよ」

「あ……」

結亜は専属薬師から外された沙羅を心配して来てくれたのだ。いつもそうだ。沙羅が落ち込んでいる時はこうやって駆けつけてくれる。

「あたしには何もできないけど、話だけは聞いてあげるから」

結亜は沙羅の頬に手をあてた。

「ありがとう」

沙羅はその手に自分の手を重ねた。

「筆頭専属薬師が花嫁様のご懐妊を邪魔してたって噂《うわさ》になってるけど……」

「そんなことしてない」

「だよね。沙羅がそんなことするわけない」

寝台に沙羅と並んで座った結亜は、腕を組んで、うんうん、と頷《うなず》いた。

「信じてくれるの？」

「当たり前じゃない。あたしたち親友よ？　あたしが信じなくて誰が信じるのよ」

「白家のみんなも信じてくれてるけど」

「ちょっと！　そこは黙って喜ぶとこでしょ⁉」

ばんっと沙羅の腕を軽く叩く結亜と、あはは、と笑う沙羅。

「でもよかった。沙羅が孤立してなくて」

「さすがにねぇ。そんなことをする人は私も含めて一族の中にはいないよ。竜帝さまのためにあれって、それこそお腹の中にいる時から刷り込まれてるからね」

沙羅もその一心でここまでやってきた。

「竜帝様だってそれはわかって下さってるよ」

「うん。最初は反対してくれた」

「花嫁様の我《わ》が儘《まま》ここに極まれり、だね。なかなかお世継ぎが出来なくて焦る気持ちもわかるけどさあ。沙羅に当たったって仕方ないのにね」

沙羅は結亜に苦笑を返した。

延珠に一番重圧を与えているのは他でもない白家だ。沙羅自身にはそのつもりはないが、筆頭として目の敵《かたき》にされるのは当然とも言える。

「それだけじゃないみたい。私が竜帝様と近すぎるんだって」

「あー、女の勘ってやつか。沙羅の気持ちに薄々気づいているのかもね」

「近づいたことなんてもう全然ないのに」

沙羅は両手を組み合わせた。

その肩を結亜が抱く。

「三ヶ月でしょ？　そんなのすぐだよ。すぐにまた竜帝様のお側にいられるようになる」

「うん。そうだね」

結亜の顔に頬をすり寄せて、沙羅は頷いた。

「暇だ」

沙羅は後宮の自室で寝台の上に転がっていた。天井の節目を数えるのは何度目だろうか。

専属薬師から外されてから二ヶ月、沙羅は薬師としての仕事を全くしていなかった。

薬の調合は元より、薬草園での世話も、宮廷の外での採取さえしていない。薬室への立ち入りも禁じられていた。他の女官は入れないのだから、専属薬師でない今、同じ扱いになるなら当然だった。

時間ができたからと帝都の市場や白家の家に遊びに行ったり、後宮の外の白家の宮に戻って家事をしたりしていたが、やることをやり尽くした沙羅は、退屈で仕方がなかった。

女官の仕事でも手伝おうかと申し出てみても、元々快く思われていなかった沙羅はすげなく拒否された。

それどころか、筆頭専属薬師の称号を剝奪されたことを、わざと聞こえるようにざまぁみろと言われていた。嘲笑《わら》われるのは慣れているはずなのに、今回はことがことだけに心にぐさりと刺さる。

ちょうど切立花《きりたちばな》の定期採取の時期が重なっていたが、鳴伊が行った。その間の調合の代理は沙羅ではなく、先代が一時的に後宮に戻って務めた。

鳴伊に何かがあれば、もしかしたら沙羅の出番はあったかもしれないが、鳴伊は事故なく無事に戻ってきた。それを残念がるほど沙羅の性根《しょうね》は腐っていない。

鳴伊は状態の良い花を採っただろうか。上手く薬を調合できただろうか。毎日の薬はちゃんと作れているだろうか。竜帝を怖がって健康管理を疎《おろそ》かにしていないだろうか。

そんなことばかり考えてしまう。

だが、沙羅の心配は尽きなくとも、鳴伊は代理をよく務めていた。

沙羅がいなくても全てが上手く回っていて、沙羅は自分の存在意義を見失いつつあった。

これまでの筆頭専属薬師は、引退した後、宮廷で薬師を続けたり、結婚して子どもを産んでいた。沙羅の母親のように、子育てが一段落してから薬師に復帰する者もいる。

なのに、今の自分はどうだ。

薬師ではなくなり、他に仕事もなく、子どもを産むわけでもない。

あと一ヶ月たてば元の生活に戻るのだとわかっていても、何もできることがないというのが、そして誰にも必要とされていないという事実が、沙羅の心に重くのしかかった。

独りでいると嫌な考えがとめどなくあふれてくる。

「結亜の所に行こう……」

そろそろ仕事も終わる頃だろう、と沙羅は親友の部屋に向かうことにした。

「こっちは毎日仕事に追われて後輩の尻ぬぐいまでしなきゃいけないのに、なんて贅沢《ぜいたく》な悩みなの⁉ その暇な時間、少しくらい分けてほしいわ！」

沙羅が胸の内を打ち明けると、結亜は拳を握ってぷりぷりと怒り出した。

「女官長に断られたんだってば」

「断る意味がわからない！ 手が空《あ》いてる人がいるなら使えばいいのに！ 常に猫の手も借りたい状態なんだから」

本当は女官長はこれ幸いと沙羅を使おうとしたのだが、沙羅を疎《うと》んでいる他の女官が嫌がったのだ。何も知らない人間が下手に手を出すと仕事が増える、ともっともらしい言葉を並べて。

「私嫌われてるからねー」

「それも意味がわからない！」

延珠が来てからというもの、竜帝が他の妃嬪《ひひん》の元に通わなくなったから、前回の花嫁選定の儀を折に入った妃嬪たちは、一度も竜帝に触れられていないらしい。いわんや女官をや。

元から女官たちに機会などないのだが、希望があるのと完全に断たれるのとは話が別だった。

竜帝を独占している延珠への苛立《いらだ》ちは変わらずなぜか沙羅に向けられていて、専属薬師の剝奪の前から、聞こえるように陰口を叩《たた》かれたり、廊下でわざとぶつかられたりしていた。

この一年以上、沙羅が竜帝と親しくしているところを女官たちは見ていないはずだ。なのに年長の女官に倣《なら》って入ったばかりの女官にまで冷たく当たられるのは理不尽だ、と沙羅は思う。

「それとね、沙羅は自分を卑下《ひげ》する必要はない！」

「卑下はしてないよ」

「してる！　自分なんていなくてもいいんじゃないか、って思ってるでしょう！」

びしっと結亜は沙羅の眼前に指を突きつけた。図星だった。

「……まあ、そうかな」

「薬師なんて特殊な技能を持ってるんだから、いなくていいわけないでしょ⁉　沙羅はこれまでそのために頑張ってきて、ちゃんとそれを生かしてきた。何度も竜帝様の御命《おいのち》を救ったし、竜殺石《りゅうさっせき》の時なんて、沙羅がいなかったら大変だった。また復帰したら竜帝様のために働くんでしょ？」

「そうなんだけどね……。もう筆頭は引退してもいいのかな、なんて思ったりもして」

「そしたら竜帝様にほとんどお会いできなくなっちゃうんだよ⁉　沙羅はそれでもいいの？」

筆頭専属薬師を引退したら、沙羅は鳴伊に後を託して後宮を出ることになる。白家に与えられた宮に住み、朝廷の方の専属薬師として薬室に詰めるのだ。毎日三度だけでも竜帝と顔を合わせる今の生活とはがらりと変わる。

よくはない。

よくはない——が。

「だってこの想《おも》いが叶《かな》うことはないんだよ。花嫁様と一緒にいる竜帝さまをずっと見ているのは辛《つら》い」

竜帝が延珠と寄り添っているのを見るのも慣れて、とっくに平気だと思っていたのに、胸が痛くなった。沙羅の目から涙がぽとりと落ちた。

「それはわかるよ。でもね、竜帝様は沙羅を必要として下さってるんだよ。今回のことだって、一度は反対して下さったんでしょ？　いつかは離れなきゃいけないんだから、いられる間はお側にいたらいいと思う。引退してから後悔しても遅いんだよ？」

「うん……」

結亜に慰められ、励まされた沙羅は、少し自信を取り戻していた。

弱っている今は大事なことを決めない方がいい。

あと一ヶ月して復帰してからにしよう、と沙羅は思った。

次の日、沙羅は白家の宮の家事の手伝いをしに後宮を出た。部屋でぼうっとしていると後ろ向きなことばかり考えてしまう。無心で掃除でもすれば気も紛《まぎ》れるだろう。

「ただいまー」

沙羅一家に割り当てられている一角に入ると、なぜか居間に従兄《いとこ》の香瀬がいた。六人掛けの卓につき、父親と母親が向かいに座っている。

弟の呂宇は家にいないようだ。

「あれ、香瀬兄《にい》どうしたの？　仕事は？　父さんと母さんまで」

「ちょうどよかった。いま香瀬と話をしていたところだ」

母親がお茶を淹《い》れ直すために、三人の茶碗を盆に載せて一度部屋を出て行った。沙羅もついて行こうとしたが、座りなさい、と父親に言われ、香瀬の隣に座った。

「なになに、どうしたの？」

父親は真剣な顔をしたまま何も言わない。ただならぬ様子に、沙羅も口をつぐんだ。

母親が戻ってきて席に着いたところで、ようやく父親が口を開いた。

「沙羅、そろそろ結婚しなさい」

突然言われた言葉に、沙羅は目を瞬《しばたた》かせた。

けっこん？　けっこんって、結婚？

「お前もいい歳《とし》だ」

「誰と」

言いながら、沙羅は隣にいる香瀬を見上げた。

「お前もわかっていただろう？　相手は香瀬になると」

「私は――」

「竜帝様に想いを寄せているのは知っている。畏《おそ》れ多いことだが、想うだけならば罰は当たるまい。だが、結婚して子どもを産むのも白家の女のお役目だ。いい加減諦《あきら》めなさい」

「で、でも、私はあと一ヶ月したら筆頭専属薬師に戻るし」

「鳴伊は十六になったし、筆頭専属薬師のお役目を十分務められることがわかった。沙羅が引退しても問題ないだろう。いい機会だ」

沙羅は父親の顔を見て、母親の顔を見て、それから香瀬の顔を見た。

「香瀬兄は、いいの？　私で」

ささやくように聞く。嫌だと言ってほしかった。

「俺は元々そのつもりだった。ちょうどいい相手が沙羅しかいないからな」

香瀬は、何を今さら、というように肩をすくめた。

なに、それ。

本当は沙羅にもわかっていた。結婚するなら香瀬なのだろうと。いずれは竜帝ではない男性《ひと》と結婚して、そして子どもを産む。妥当な相手は香瀬だ。

結亜に諭《さと》されて、今後のことは筆頭専属薬師に戻ってから改めて考えようと思っていたのに、ここで結婚の話が出てくるなんて。

だが、父親の言うことはもっともだった。白家を存続させるのは白家の者としての義務だ。竜帝にこれからも薬師として仕えていけるように。

いい機会だというのもその通りだ。今ちょうど沙羅はお役目を離れている。一度復帰して辞めるよりも、このまま引退するのが自然だろう。

そしてなにより家長の決定だった。沙羅には従うしかない。

「わかりました……」

沙羅はうつむいてきゅっと唇を引き結んだ。膝《ひざ》の上で拳をきつく握る。

「祝言《しゅうげん》は沙羅が筆頭専属薬師に復帰する前に挙げる。今から準備をするから、ちょうど一ヶ月後くらいになるだろう」

父親がそう言い、家族会議は終わった。

母親と父親が部屋を出て行き、香瀬と二人だけになる。

「沙羅、大丈夫か」

香瀬が心配そうに顔を覗《のぞ》き込んできた。

「ちょうどよかったからっていうのは本当だ。でも俺は沙羅で良かったと思ってるぞ。沙羅は嫌かもしれないけど」

「香瀬兄が嫌だってわけではないよ。だけど、急すぎて」

「そうだよな。あと一ヶ月あるから、それまでの間に気持ちの整理をしてほしい」

「うん、わかった」

嫌々結婚したのでは香瀬に悪い。竜帝への想いは止められなくても、結婚を受け入れられるような気持ちにはならないと。

手伝いをしに行ったことも忘れ、沙羅はふらふらと上《うわ》の空のまま家を出て、後宮に戻ると、自室の寝台にうつ伏せに倒れ込んだ。

「結婚……」

いつかはすると思っていたが、具体的な想像ができない。祝言を挙げて、子どもを産んで、育てる。言葉ではわかるが、自分がその中にいる様子が全く思い浮かばない。

香瀬のことは好きだ。優しくて頼れる人だし、格好いいと思う。でもそれは従兄《いとこ》としての情であって、恋ではない。

いつだって、沙羅の想いは竜帝にしかなかった。

——諦めなさい。

父親の言葉を思い出す。

諦めなければならないのだ。

竜帝が魂の片割れを見つけた時に、諦めるべきだった。

「竜帝さま……」

ごろりと仰向《あおむ》けになった沙羅の目に涙が浮かんだ。目尻から耳元へ、すっと涙の跡ができる。

胸が痛い。諦めなければならないことが辛くて仕方がない。秘めていた想いが、叶わなかった想いが、胸の中で暴れているようだった。

それと同時に、ほっとしている気持ちもあった。

これでやっと諦められる――。


結婚の話を聞かされ、何もする気が起きず、そして何もすることがなく、沙羅はその日一日中、自室の寝台に座ってぼーっとして過ごした。昼食を食べる気力も湧かなかった。

頭の中は空っぽで、何も浮かんでこない。ただただ時間だけが過ぎていった。

竜帝への気持ちと一緒に、他の感情までもが全て心の奥底に埋もれてしまったかのようだった。

いつの間にか夕方になっていて、夕日が射《さ》し込んだ部屋は知らない人の部屋のように見えた。あんな所にあんな物を置いたっけ、と記憶が混乱してくる。

一度思考が戻ってくると、その後はとめどなく様々な感情があふれてきた。

初めて竜帝を見た時、なんと綺麗《きれい》な人だろうと驚いた。特にその瞳の色に魅了された。妃嬪はたくさんの宝石を身につけていたが、どの宝石よりも輝いていて美しかった。

白家の娘は竜帝に仕えるために幼い頃から竜の姿に慣れさせられる。

初めて黒竜の姿を見た時は、その大きさに圧倒された。太陽の光を反射してつやつやと輝く鱗《うろこ》は竜帝の髪の色とそっくりで、瞳の色も同様に金だった。竜帝は本当に竜なのだと実感して、何だか嬉《うれ》しくなった。

平伏した母親の横でその姿に見とれていると、黒竜が沙羅の名前を呼んだ。低く、何重《いくえ》にも重なっているように聞こえるそれは、優しい響きをしていて、沙羅は思わず黒竜に駆け寄った。

母親や周りの女官たちが慌てたが、沙羅はそのまま黒竜の前脚に取り付いた。硬いけど柔らかい、冷たいけど温かい、そんな不思議な触り心地だった。黒竜が顔を寄せてきたので、小さな手でぺちぺちと叩いたところ、焦った母親に引き離された。

黒竜に怖くないのかと聞かれ、どうして、と聞き返した覚えがある。

尖《とが》った牙《きば》も、鋭い爪《つめ》も、縦長の瞳孔《どうこう》をした目も、何一つ怖くはなかった。子どもは怖がって必ず泣き出すのだと言われて、沙羅には不思議に思えた。人型の竜帝と同じで、その姿をとても綺麗だと思ったから。

何度目かに黒竜の姿で会った時、黒竜が背に乗ってみるかと言った。それは冗談だったのだが、沙羅が目を輝かせて喜んだので、本当に乗せてもらえることになった。

とはいえ幼子《おさなご》が一人で乗るのも怖いだろうからと、他に誰か乗る者はいないかと黒竜は聞いたのだが、畏れ多いと誰しもが固辞し、結局沙羅が一人で乗ることになった。

転がり落ちでもしたら、と周りは心配していたが、黒竜は落とさないと言ったし、沙羅には全くその不安はなかった。

それから何度も沙羅は黒竜の背に乗せてもらうようになった。まだ一人で梯子《はしご》を上れない沙羅のために、竜帝は人の姿で沙羅を背負ってから竜の姿になった。

誰からも恐れ畏まられる竜帝は、その瞳を恐れずに真《ま》っ直《す》ぐ見返してくる沙羅を面白がり、よく遊んでくれた。

沙羅が筆頭専属薬師となるのは、生まれた時から決まっていた。両親が専属薬師だったから、沙羅も専属薬師となることになっていたし、であれば順繰りに筆頭専属薬師にもなる。沙羅と最も歳の近い従姉《いとこ》と歳が離れていたため、長いお勤めになると考えられていた。

だから沙羅は当たり前のように薬についての知識や技能を叩き込まれたし、そのことを当然のように受け入れていた。それ以外の選択肢を考えたことすらなかった。

沙羅がはっきりと自分の意思で薬師として竜帝の助けになりたいと思うようになったのは、筆頭専属薬師になってからだ。

その時沙羅はまだ十四歳だった。先代が後宮にいられなくなってしまったため、若くしてお役目を継いだ。

筆頭専属薬師になってから最初に黒竜の背に乗って下界を見渡している時、黒竜に「この国を守るために、沙羅が必要だ」と言われた。

竜帝への想いはそれ以前から持ってはいたが、それはただ好きだという気持ちだった。

それが、竜帝のために生きたい、という想いに変わった。

十六になった時、そしてその歳で花嫁選定の儀を竜帝の側に控えて見ていた時、選ばれなかったことで沙羅はひどく落ち込んだ。もしかしたらと淡く抱いていた希望は砕け散り、自分がただの薬師でしかないことを思い知った。

それでも竜帝のために毎日を過ごしているのは幸せだったのだ。竜帝が、沙羅、と名前を呼ぶだけで嬉しかったし、背中に乗って色々な話をするのは楽しかった。平伏しなくても咎められず、軽口を叩く。そんな特別扱いがくすぐったかった。そしてずっとそんな日が続くと思っていた。

それが突然の終わりを迎えたのは、あの日、延珠が来た時だ。

竜帝自身から直接それを告げられた時、沙羅は驚き衝撃を受けながらも、竜帝に祝いの言葉を贈った。それは確かに本心からの言葉だったのだ。

沙羅は竜帝が待って待って待って、花嫁選定の儀のたびに落胆しているのを知っていた。その時の竜帝は、二百年も待ち続けてようやく魂の片割れに出会えた喜びが、体全体からあふれていた。

なのに、それから一年以上もたち、竜帝と離れるという段になって、今さらまた落ち込んでいる。何なら延珠が見つかった時よりも衝撃を受けていた。沙羅が結婚してしまったら、本当にもう全ての希望が潰《つい》えてしまうと思った。

竜帝と一緒になれないことは、五年以上も前、十六の時にとっくに判明していたというのに。

子を産み、白家を存続させるのも竜帝のためにできることの一つだ。子が出来ないならともかく、作る選択肢を取らないなんて、白家の娘には許されない。

香瀬とならいい家庭を築くことができる。香瀬は子どもの面倒をよく見るいい父親になるだろう。それは期待ではなく確信だ。長く共に過ごしてきたのだから間違いない。

だけど。だけど――。

竜帝が延珠に触れるところを思い出して、ずくりと胸が痛んだ。

延珠を呼ぶ柔らかな声。熱を持った視線。つややかな髪を優しく梳《す》く手。

どれも沙羅には向けられたことのないものだ。

どうして。どうして私ではないの。絶対に私が一番竜帝さまを想っている。花嫁様よりもずっと――。

押し込めようとすればするほど、泉のようにこんこんと湧いてくる。辛いばかりの想いだった。

一人ではやり過ごせないほどに苦しくなってしまった沙羅は、また話を聞いてもらおう、と結亜の元に行くことにした。想いを言葉に出してしまえば、少しは楽になるかもしれない。二日連続になってしまうが、きっと結亜は許してくれるだろう。

その辺を散歩して時間を潰《つぶ》し、仕事終わりの時間まで待って部屋に行くと、案の定結亜は嫌な顔一つせず、快く沙羅を迎えてくれた。

結亜はお茶を飲みながら沙羅の結婚の話を聞くと、そっか、と一言だけ言った。

結亜もいつかそうなると思っていたのだ。しかし今まで、その可能性を一度も沙羅に指摘することなく、ただ沙羅が竜帝を想う気持ちを聞いてくれていた。

その優しさに、沙羅はまた涙をこぼしそうになった。ここのところ泣いてばかりだ。涙《るい》腺《せん》が緩んでいる。

「子どもを産むのも、沙羅が竜帝様にして差し上げられることの一つだよ。立派なお役目。とびきり頭のいい女の子を産んで、腕のいい筆頭専属薬師に育てないと！」

それは、父親に言われた時や、自分で言い聞かせた時よりも、ずっと心に響いた。沙羅の想いを聞き続けてくれた結亜の言葉だからこそ、そう思える。

「そうだね。竜帝さまのために、たくさん子どもを産むよ」

沙羅は頷《うなず》き、小さな声ではあったがしっかりと言った。

その後は二人で寝台に潜り込み、たわいもない話をした。後輩の失敗談を結亜が話すと、それ結亜もやってたよね、と沙羅が突っ込み、二人でくすくすと笑った。

そろそろ寝ようか、という話になった時。

急に結亜が頭を押さえて呻《うめ》き出した。

「う……うぅ……」

「え、ちょっと結亜、大丈夫？」

沙羅が慌ててランプに火をともす。

結亜の額には脂汗が浮かんでいて、顔は痛みにしかめられていた。歯を食いしばり、ただただ唸《うな》り声を上げている。

沙羅はこの症状をよく知っている。これまで何度も見てきた。

「誰かっ！　誰か来てっ！」

部屋の扉を開けて叫ぶ。

この頭痛は、竜気の毒によるものだ。

後宮の外れ、竜帝の私室から最も遠い部屋に移した結亜を、沙羅自身が診察した。最初の推測通り、竜気に長くさらされたことによるものだった。

苦しむ結亜には、沙羅が毎日飲んでいる薬の薬効を強めた物が与えられ、症状は落ち着いた。副作用による頭痛と吐き気はあるのだが、頭が割れるようだという強い痛みからは解放される。

こうなってしまうと、昼間はよくとも、夜はもう後宮では過ごせない。結亜が後宮を去る時が来たのだ。

沙羅は愕然《がくぜん》としていた。

いずれ自分も出て行けるのだから——かつて懐郷病にかかった結亜にそう言ったのは沙羅だ。こうやって何人もの女官や妃嬪が後宮を出て行くのを見てきた。

だが、自身の結婚と同じで、漠然と思っていただけで、現実になるとは考えられていなかったのだ。

自分の愚かさに、沙羅は打ちのめされた。

結亜の退職はその夜のうちに決まった。これ以上後宮にいられないのだからそうするしかないし、今までの他の女官や妃嬪もそうだった。

翌日の昼間に自室の荷物を取りに行き、これまで貯《た》めていた給金と、しばらく帝都にいられるだけの宿泊費、そして郷里に帰るための交通費を与えられ、宮廷を後にするのだ。

翌日、沙羅は当たり前に結亜を見送りに行った。専属薬師でなくなっていなければ仕事で来られなかったかもしれない。お役目を外されたことに初めて感謝できた。

宮廷の門の前で、私物の入った大きな鞄《かばん》を地面に置いた結亜は、沙羅を抱き締めて言った。

「沙羅、今までありがとう！」

「沙羅がいてくれなかったら、あたし、最後までいられなかった。このお給金を持って帰れば家族にいい暮らしをさせてあげられるわ。妹たちにたっくさん美味《おい》しい物を食べさせてあげられる。弟たちを学校に入れてあげることもできる。本当にありがとう！」

「私の方こそ、ありがとう。結亜にたくさん話を聞いてもらって、気持ちの整理ができた。今までずっとそうだった」

「もう！　泣かないの！　あんた普段は澄ました顔でいるくせに、意外に泣き虫よね。笑って送り出してくれないと！　二度と会えなくなるわけでもないんだから。帝都に来る時には絶対に連絡するし、沙羅もあたしの村に遊びに来てよ」

「うん……」

沙羅は鼻をすすり上げた。

「手紙、書くわ！　たっくさん！　うちの村からじゃ、結構時間かかるけど。せっかくここで文字も覚えたんだから」

「私も書く。たくさん」

「幸せになりなさいよ！」

どきっと沙羅の心が跳ねた。

幸せに、なれるだろうか。

「大丈夫よ！　お相手の従兄——香瀬って言ったっけ？　優しい人なんでしょ？　大丈夫。沙羅なら絶対に幸せになれる。あたしが保証するから！」

結亜は、沙羅の表情から気持ちを読み取って励ました。ぽんぽん、と優しく背中を叩く。

「ありがとう……。結亜も、幸せになってね」

「当ったり前よ！　この美貌《びぼう》をもってすればイイ男なんて釣り放題なんだから！　……ちょっと、今笑ったわね⁉」

そう言う結亜も沙羅と一緒に笑う。

「本当に結亜なら絶対いい人が見つかると思うよ」

「当然よ！」

二人は体を離して両手を握り合い、見つめ合った。

「沙羅、本当にありがとう。またね」

「結亜もありがとう。また」

結亜は後ろを向いて鞄を持つと一、二歩足を進めた。

かと思うと、くるりと振り返ってどさりと鞄を落とし、沙羅をもう一度ぎゅっと抱き締めた。

「ごめんね」

耳元で小さく呟かれた言葉。

それはこんな状態の沙羅を一人置いていってしまうことへの謝罪の言葉だったのだろうか。

鞄を拾い上げた結亜は沙羅に泣きそうな笑顔を見せた後、今度こそ真っ直ぐ歩いていった。

沙羅はその背中が見えなくなるまで見守ってから、後宮へと戻った。

数日後、沙羅は後宮の外にある庭園の一つを散歩していた。

引退と結婚が決まったという衝撃は、結亜との別れのショックで少し緩和されていた。

結婚し、筆頭専属薬師でなくなったとしても、沙羅は専属薬師には復帰できるはずだ。

子どもが出来るまではしばらく仕事を続けられる。

ならば休んでいる今でしかできないことを、と白家の文献を読み始めた。

竜についての本、薬の研究成果、これまでの歴史など、白家の宮で埃《ほこり》を被《かぶ》っていた文献を片っ端から紐解《ひもと》いていく。

竜と人との交わりの歴史は深く、竜が人の形を取れるのも、始祖と呼ばれる竜が人間に恋をして結ばれたかららしい。

他にも、他国の竜や竜族の村の話、竜が涎《よだれ》を垂らして欲しがるという竜涎香《りゅうぜんこう》や、触られるのが嫌で嫌で堪《たま》らない逆鱗《げきりん》のこと。不老不死の秘薬とされる胆《たん》は実は毒で、竜殺石は婚約者をさらわれた男が竜への恨みを募らせて石へと姿を変えたもの、なんて本当なのか嘘なのかわからないような話がたくさんあった。

竜は花を食べるという記述を見つけた時には笑ってしまった。ぼろぼろの古文書にひっそりと書いてあった。特に幼い頃は好んで食すという。

竜帝にも子どもっぽいところがあったのだ。沙羅がおやつだと思っていたのは正しかった。

ここのところ体の調子がとてもいいのもあって、気をつけないと凝《こ》り性の沙羅はついついのめり込んでしまう。だからこうして意識的に休憩を取るようにしていた。

庭園に生えている植物にも薬効のあるものがある。

あの木の葉は食中《しょくあた》りの薬。あの草の根はそのまま食べれば毒だけれど、処理をすれば頭痛薬になる。

職業柄、ついついそんな目で見てしまう。

自分は根っからの薬師なのだと思った。死ぬまで切り離すことはできないだろう。

と、その背に声がかかった。

「筆頭専属薬師殿」

振り返ってみれば、そこにいたのは清伽だった。竜帝の姿はなかった。清伽はいつも側についていているはずなのに。

「お一人ですか」

言おうとした台詞《せりふ》を清伽が先に口にした。

「はい。暇すぎて散歩中です」

そう言うと清伽が少し眉を寄せた。

多忙な冢宰の前で口にすることではなかったな、と沙羅は内心で謝った。

「筆頭専属薬師殿、よろしければお時間を頂けませんか？」

「別にいいですけど……」

冢宰が自分に何の用だろうか、と首を捻《ひね》る。

「では、こちらに」

清伽は沙羅を宮廷の一室に連れて行った。

そこは賓客《ひんきゃく》を迎える応接室なのか、家具は部屋の中央に卓と長椅子があるだけだったが、内装は豪華で、高そうな壺《つぼ》や掛け軸が飾ってあった。

沙羅はこういった部屋には入ったことがないので、きょろきょろと目線をさまよわせてしまう。

宮廷付きの女官がこれまた高そうなお茶を淹れてくれた。退室する時に睨《にら》まれたことには気づかなかったことにする。

「それで、何のご用でしょうか？」

ただ向かい合ってお茶を飲むだけで一向に口を開かない清伽に業《ごう》を煮やし、沙羅の方から口火を切った。

「用というほどのことではありません」

澄ました顔で清伽が言った。

有り余る時間を使い切れなくて困っている沙羅ならともかく、用事もないのに、忙しい冢宰が竜帝をほっぽってこんな所でのんびりとお茶を飲んでいてもいいものなのだろうか。

沙羅が不思議に思っていると、清伽が気まずそうに目線をそらした。

「その、竜帝様と延珠様のことを少しお話ししたいと思いまして」

「竜帝さまと花嫁様ですか」

そう言って、沙羅は眉間《みけん》にしわを寄せた。

「もしかして、お体の具合でも悪いのでしょうか?」

筆頭代理の鳴伊には言えないような、深刻なことなのだろうか、と不安になる。

「いいえ、そういうわけではありません。その……あり体《てい》に言えば、愚痴《ぐち》を聞いていただきたいと言いますか……」

「はあ、愚痴、ですか」

いつも澄まして表情を崩さない清伽からは出てきそうにない言葉だった。この人も人間だったのか、と沙羅は失礼なことを考えた。

「最近、延珠様が後宮の外に出ているのはご存じでしょうか」

「のようですね。竜帝さまと離れたくないと言って」

呆《あき》れたように沙羅が言った。

沙羅を専属薬師から外す、というとんでもない「お願い」を聞いてもらった延珠は、それに味をしめたのか、次々と「お願い」を言うようになっていた。その最たるものが「竜帝様とひと時も離れたくない」という無理難題だ。

「後宮に入った女性が後宮を辞すわけでもないのに後宮を出るなんて、前代未聞です。どこぞの馬の骨の種でも仕込まれたらどうするおつもりなのか」

「でも竜帝さまがお許しになったのでしょう?」

「はい……。竜帝様から片時も離れないのであればその心配もないと」

清伽は片手で額を押さえた。人間臭い仕草だ、と沙羅は再び失礼なことを思った。

「それはまだいいのです」

ぱっと清伽が沙羅を見る。

「困っているのは、延珠様が政《まつりごと》にまで口を出すようになったことです」

「政に、ですか」

「ええ。竜帝様のお側から離れないのですから、朝議にもお出になります。初めは大人しくなさっていたのですが、次第に疑問を口になさるようになり、やがてご自身の意見も仰《おっしゃ》るようになったのです」

「へえ」

「今日なんて、竜帝様に堤防工事のために近くの農民を徴用《ちょうよう》することを承認いただこうとしていたのに、何と言ったと思います?」

「さあ」

「『長らく洪水など起こってもいないのに、民をこれ以上働かせるなんて可哀想ですわ』ですよ?」

清伽は裏声を使って延珠の真似《まね》をしてみせた。よく似ていた。器用なことだ。

「あの河は定期的に氾濫《はんらん》を起こすことがわかっています。築いた堤《つつみ》は河の流れによって削られていきますので、そろそろ築き直さなければなりません。なのに、あの方はっ!」

どんっ、と清伽が卓を拳で叩いた。茶器の中の茶がちゃぷんと跳ねる。それには気にも留めない勢いで、清伽は続けてまくし立てた。

冷静沈着な清伽しか見たことのない沙羅は、激高している様子に目を瞬かせた。

「こちらは農民に極力負担がかからないよう、農閑期を狙って計画しているのです。人手として兵も派遣しますが、全てを国で賄《まかな》うわけにはいきません。民には自分たちで自分たちの生活を守っているのだという自覚が必要です。全て国がやってくれると思わせてはならないのです」

そうなんだ、と沙羅は思った。国が全て面倒を見てくれる方が税に文句を言わないような気がするのだが、国を率いる人は色々考えてて大変なんだな、と他人事《ひとごと》のように思う。

そして実際他人事だった。

「それで、竜帝さまは？」

ここまで聞けば訊《たず》ねなくてもわかるが、話し相手としての礼儀だと思って聞いた。

「しばし考え込まれた後、計画の練り直しを命じられました……」

がくり、と清伽が肩を落として目線を下げた。

「竜帝様はあの方に甘すぎるのです。魂の片割れだというのも怪しいというのに」

清伽は吐き捨てるように言うと、沙羅が目を丸くした。

「そんなことを言うなんて、意外ですね」

竜帝が片割れだと言うのだから、清伽もそれを信じているのだと思っていた。

「そうですか？」

今度は清伽が意外そうな顔をした。

そして、はっと息を呑《の》む。冢宰という立場では言ってはいけない言葉だ。

「……ここだけの話にして下さい」

「ええ、もちろん」

沙羅は頷いた。釘《くぎ》を刺されなくともぺらぺらと喋《しゃべ》るつもりはない。

その後も、清伽は延珠への不満を感情豊かに述べていった。徐々に延珠への敬意が薄れていき、終《しま》いには「あの女」呼ばわりしていた。よっぽど腹に据《す》えかねていたのだろう。

「聞いて下さって、ありがとうございました」

「いえ」

ひとしきり話をすると、清伽が深々と頭を下げた。本当にただ愚痴を聞くだけだった。

「このようなこと、誰にも言えませんので。お恥ずかしいところをお見せしました」

「聞くだけでよければいくらでも」

相談をされたら困るが、お茶を飲みながらただ愚痴を聞くだけなら沙羅にもできる。なぜ沙羅が選ばれたのかはよくわからないが。

「筆頭専属薬師殿が花嫁だったらよかった」

不意に言われた清伽の言葉に、沙羅の胸が抉《えぐ》られた。清伽に言われるまでもなく、自分で何度も何度も思ったことだ。

「……今の私は筆頭専属薬師ではありません」

言葉の本質には触れず、沙羅はただ静かにそう言った。

「いいえ、今も筆頭専属薬師は白沙羅様です」

真剣な顔で清伽に言われ、沙羅は微笑《ほほえ》むことしかできなかった。

清伽に解放された沙羅は読書を再開する気が起きなくて、後宮へと戻った。かといって部屋に戻る気にもなれず、ぶらぶらと中庭を歩いていた。

中庭とはいえ、それなりの広さはある。

中央に大きな池があり、細くなっている所には対岸へ渡るための橋が架けられている。

池には睡蓮《すいれん》の葉が浮かんでいて、沙羅は幼い頃にその上に乗ろうとして池に落ちたことがある。母親が慌てふためく中、池に入って拾い上げてくれたのは竜帝だった。

落ちたことよりも、女官たちが上げた悲鳴にびっくりし、竜帝にしがみついて大泣きしたのを覚えている。

橋の中央でそんなことをぼんやりと思い出していると、名前を呼ぶ声がした。今日は人によく話しかけられる日らしい。

「沙羅」

振り向くまでもなく、誰なのかは声でわかった。

「竜帝さま……」

竜帝の姿は沙羅が休んでいる間も後宮内で見かけることはあったが、顔を合わせるのも言葉を交わすのも、専属薬師を外されて以来だ。

「お仕事はどうしたんですか？　花嫁様は？」

昼餉の時間でもないのに珍しい。

「政務に空きができた。片割れは部屋で休んでいる」

沙羅は平伏していなかったが、それを咎めるような言葉はない。

「先日、沙羅の友人が後宮を出たと聞いた。それで……」

沙羅は目を丸くした。

竜帝が一介の、それも直接顔を合わせることもない下級女官の退職を知っているとは思いもしなかったのだ。

「心配して来て下さったんですか？」

「そうだ」

冗談のつもりで言った言葉を肯定され、沙羅の目はますます大きくなった。

「よくここにいるのがわかりましたね」

「沙羅のいる所は大体わかる」

竜帝は当然だとばかりに言った。

迷子になるたびに見つけてくれたもんね、と沙羅は思った。

竜帝は沙羅のことは何もかもお見通しなのだ。年の功というやつだろうか。なのに沙羅の想いにだけは気づいてくれない。

いや、竜帝のことだから、知っていて知らないふりをしているのかもしれない。竜帝にはどうやっても応《こた》えられない気持ちだ。

「私、花嫁様に毒を盛ったりしていません」

どうしてももう一度否定しておきたくて、沙羅は竜帝に向かって自身の潔白を訴えた。

「わかっている」

「信じて下さるんですね」

「当たり前だろう」

竜帝は少し怒ったように言った。

そして――。

「沙羅はわたしの娘のようなものだ。大切に思っている」

ああ。

瞬間、沙羅の視界からごっそりと色が抜け落ちた。

青々と茂る松の木も、池の水面《みなも》に映る空も、ただただ灰色に見える。

竜帝の金色の瞳だけが色を保っていた。

鳥の鳴き声がぱたりと聞こえなくなった。

呼吸の仕方がわからなくなり、どくどくと心臓の音が耳の中に響く。

何もわかっていなかった。

薬師でない沙羅に価値はない。筆頭専属薬師を引退する時も結婚をする時も来る。結亜だって後宮を離れる時が来た。

竜帝さまにとって——私は異性ですらない。

本当に私は何もかもわかっていなかったんだ。

真《ま》っ直《す》ぐに突きつけられた事実が、沙羅の心をずたずたに引き裂いていく。体がぐらりと傾きそうになった。

しかし沙羅はぐっと足に力を入れて、体勢を立て直す。そして竜帝に精一杯の笑顔を向けた。

「ありがとうございます」

そして沙羅はその場に跪いた。

「どうした、沙羅?」

これでお終《しま》いにしよう。

「わたくし、筆頭専属薬師の白沙羅より、竜帝様にご報告がございます」

沙羅はにこりと笑ったまま、竜帝と目を合わせる。

黄金の、綺麗な瞳。

「なんだ」

急に改まった口調に、竜帝は戸惑ったように言った。

「近日中に筆頭専属薬師を辞させていただきます。後任に白鳴伊を指名いたします。今後は宮廷にて、竜帝様と花嫁様が健《すこ》やかであらせますよう、微力ながらお仕えして参ります」

「なぜ急に――」

「もう一つ」

沙羅は無礼だとわかっていながら、竜帝の言葉を遮った。

このままの勢いで口から出してしまわなければ、言えなくなってしまうと思ったから。

「私事《わたくしごと》ではございますが、筆頭専属薬師を辞したのち、白香瀬と婚姻を結ぶこととなりました」

「こん、いん……」

竜帝は言葉を失っていた。

揺れる金の瞳を、沙羅がじっと見つめる。

「寿《ことほ》ぎのお言葉を頂戴したく思います」

数瞬の後、竜帝は口を開いた。

「幸せになり」

「ありがとうございます」

沙羅は叩頭し、その場を辞した。


「竜帝様、どうなさったのですか？」

魂の片割れに聞かれ、竜帝は我に返った。

夕餉を食す手を止め、昼間沙羅に言われたことを考えていたのだ。筆頭専属薬師を辞め、結婚するのだと言っていた。

「沙羅が筆頭薬師を引退すると言った」

「まあ」

片割れは驚いただけで、それ以上は何も言わなかった。子を急ぐあまりに沙羅が毒を盛ったのではないかと疑心暗鬼になっているのだ。内心安堵《あんど》しているのかもしれない。

沙羅が辞めることになったのは、専属薬師から外したからだろうか。

片割れがあまりにも真剣に言うものだから、三ヶ月だけならばと同意した。これで沙羅の疑いは晴れるだろう。それに、もし沙羅がいない間に子が出来たとしても、偶然の一致として復帰させるつもりでいた。

「代理の娘もよくやっていますわ。ご心配には及びません」

片割れの言う通りだった。代理はよく務めてくれている。ならばこれを機に、と引退を決めたのだろう。

「それに……祝言を挙げるそうだ」

「まあ！　それはおめでたいですわ。白家の繁栄は竜帝様の御為《おんため》ですもの」

片割れは手を叩いて喜んだ。

そう、喜ばしいことだ。

そのはずだ。

竜帝は、娘のように思っている沙羅に、幸せになってもらいたいと思っていた。もしも沙羅を泣かせるような男であれば、考え直す余地はないのか、と沙羅の父親に文句を言うくらいのことはするつもりだった。

確か相手は沙羅と歳の近い男だ。沙羅の話に何度も出てきたことがある。沙羅が悪く言ったことはなかったと思う。良い縁談なのだろう。

それなのに、竜帝の胸はざわざわと落ち着かないのだった。

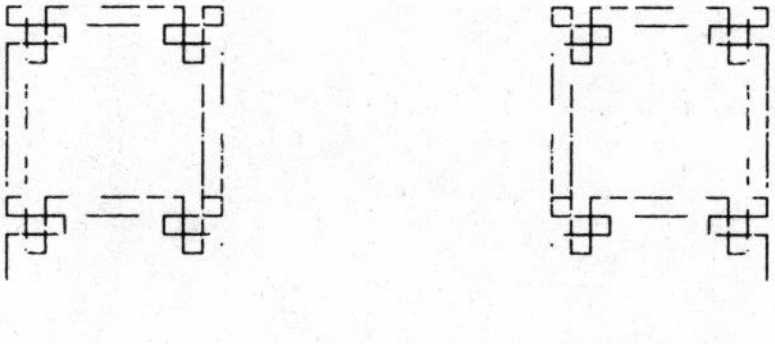

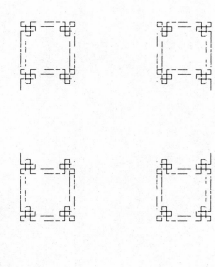

閑話　喜色 side 延珠

「今日、竜帝様はあの娘にお会いしたそうよ」

竜帝の前での楚々《そそ》とした振る舞いはどこへやら、鬼のような形相《ぎょうそう》でがじがじと爪を噛《か》む主《あるじ》を夜起《よき》は黙って見ていた。

桜色に整えた爪に傷が入っていく。

また綺麗《きれい》に磨き上げなければならないな、とぼんやりと思う。

「どうしてあの娘はまだ後宮《こうきゅう》にいるの⁉」

延珠《えんじゅ》が夜起に怒鳴る。

「あの歳《とし》なら、薬がなければすぐに竜気に耐えられなくなるはずでしょう⁉　ちゃんとすり替えたんでしょうね⁉」

「はい」

感情を乗せない声で夜起は答えた。

「薬室とあの娘の部屋と両方よ！」

「はい」

どちらも他の者に金を握らせてやらせた。警備が厳しくて難儀したが、どうにかなった。回収した薬が本物であることも確認済みだ。

「他にも置いてある場所があるのかしら」

とうとう延珠は爪を噛み切ってしまった。

それ以上されると整えられなくなってしまう。夜起は主の手をそっと口から離させた。代わりに延珠は自身の服を両手でつかみ、力一杯引っ張った。

布地が引き裂かれる音がする。

服なら新調すればいい。爪を噛まれるよりはよかった。

「薬を新しく作られたらまたすり替えなくてはいけなくなるわ」

それが厄介だ。

薬師以外立ち入り禁止の薬室は、劇物が置いてあるのもあって警備が厳重だ。前回は延珠の名前を出して抜けさせたが、何度も同じ手を使うのは難しいだろう。

薬師の自室の方も、薬師と交流のあった女官は毒気にやられて辞めてしまった。次はどんな手で行けばいいか。

「……まあいいわ。あの娘、筆頭薬師を引退して結婚するそうだから。そうしたらどのみち後宮《ここ》からは出て行くもの」

ふふっと延珠が醜悪な笑いを漏らした。

「竜帝様の花嫁はわたくしよ。早く子が出来ないかしら」

夜起は、夢見るように言う延珠から目をそらし、その横にある香炉を眺めていた。

第5章 今の自分にできること

延珠《えんじゅ》が懐妊したとの知らせが宮中を駆け巡ったのは、幾日《いくにち》もたたない時だった。

宮廷内は一気に祝いの空気となった。

花嫁が見つかり、すぐに出来ると思っていた子が、ようやっと出来たのである。期待を裏切られて落胆した後の喜びはひとしおで、白家《はく》の長老たちは寿命が数十年は延びたのではないかと思うほどに元気にはしゃいでいた。

そんな中、沙羅《さら》に向けられたのは厳しい目である。

当然だ。

子が出来ないように沙羅が毒を盛っていると延珠が言い、専属薬師から外してみれば途端に懐妊したのである。本当に沙羅がやっていたかのように見える。

朝廷では罰するべきではないかという意見が上がった。竜帝の伴侶《はんりょ》を害したとなれば死罪が妥当だ。

当然白家はそれに反対する。大喜びをした長老たちも沙羅は潔白だと主張した。白家の中に沙羅を疑う者はいなかった。いくら沙羅が竜帝を想《おも》っていたとしても、嫉妬《しっと》でそのようなことをする人間でないのはみなわかっていたのである。

竜帝もそうだった。こればかりは延珠に泣かれても頑《がん》として聞かなかった。沙羅がそのようなことをするはずがない、ただの偶然だった、と。

それは清伽《せいか》も同様で、竜帝と冢宰《ちょうさい》が耳を貸さなかったため、沙羅は刑罰を受けることを免《まぬか》れた。

子が出来ようとも沙羅は筆頭専属薬師に復帰させる、という竜帝の思惑は外れた。朝廷の反発が想定外に大きかったのだ。

結局沙羅は、刑罰を受けるまでには至らなかったが、花嫁の妊娠を助けるための薬が上手《うま》く作れていなかった、という名目で、責任をとらされることになった。

薬師の資格の剝奪《はくだつ》である。

筆頭専属薬師を、ではない。薬師を、だ。

つまり、鳴伊《めい》にその役目を譲るだけではなく、今のような一時的なものでもなく、これから一生、沙羅は薬師の仕事ができなくなる。

その決定を白家は吞《の》んだ。実質減刑である。沙羅が延珠の妊娠を実現できなかったのは事実だ。時機の問題だったとはいえ。

自室にいた沙羅にそれを伝えたのは鳴伊だった。

「沙羅姉様、ごめんなさい。私がいたから……私のせいで……」

鳴伊は涙を流しながら言った。

「鳴伊のせいじゃない。どのみち筆頭は辞めるつもりだったもの。その時に責任を問われる可能性はあった。これはおめでたいことだよ。鳴伊のせいじゃない。だからそんなに泣かないで」

「でも……だって……」

「鳴伊は名実共に筆頭専属薬師になったんだよ。もう見習いでも代理でもない。鳴伊が竜帝さまをお守りするの。わかるよね？」

「姉様がいないと……私……まだ無理だよぉ……」

「大丈夫。鳴伊なら大丈夫。私の代わりに、竜帝さまを守ってね」

抱き締めた沙羅の胸の中で、鳴伊はわんわんと泣き続けた。

沙羅の心は、不思議と凪《な》いでいた。

筆頭専属薬師を引退した後も、宮廷で専属薬師として働けると思っていた。働きたいとも思っていた。子どもを産んでからもずっと。

それが叶《かな》わなくなったことへの衝撃はなかった。

もう全てがどうでもよくなっていた。

竜帝に引退を告げ、結婚の祝いの言葉を貰《もら》った時に、沙羅の中の何かが壊れてしまったのだ。

薬師としての誇りも情熱も失っていた。竜帝のために、と思っていた気持ちはなくなり、かつての、目の前に延びる道をただ歩いていくだけだった自分に戻っていた。

白家の血を繋《つな》ぎ、娘が生まれれば立派な筆頭専属薬師となれるように育てる。

自分にはそれだけ残っていればいいと思えた。女だからこそできることだ。たとえ竜帝に異性として見られていなくても、沙羅はやっぱり女で、子を産むことができる。それでいいじゃないか。

子どもが出来なければ……まあ、それはその時だ。他の子どもたちに知識を教えるくらいのことはできるだろう。

鳴伊の頭を優しく撫《な》でながら、沙羅は部屋を片付けなければな、と思っていた。明日にでも白家の宮に移ろう。

沙羅はその日のうちに荷物をまとめた。

今夜は後宮での最後の夜だ。

ここで過ごした日々が脳裏に次々と浮かび、寝台に静かに横になっていてもなかなか寝付けなかった。

何度目かの寝返りを打った時。

突然、雷に打たれたような衝撃を受けた。

目の前が真っ白になり、体が強張《こわば》った。

次の瞬間、沙羅は飛び起きた。

「竜帝さまっ⁉」

寝間着のまま部屋を出て、竜帝の元へと走る。竜帝の私室ではない。花嫁の部屋だ。

何が起こったのかはわからない。だが竜帝の身に何かが起こったのだということだけはわかった。

どくどくと痛いほどに心臓が脈打っているのは、走っているせいだけではないだろう。

あられもない格好で廊下を全速力で駆ける沙羅に遭遇した女官たちは、慌てて飛び退《の》き、悲鳴交じりに制止の声を上げたが、沙羅はその全てを無視した。

巡回している女兵士たちも、相手がつい先ほどまで筆頭専属薬師であったことに躊躇《ちゅうちょ》している間に、沙羅を素通りさせてしまった。兵士としては失格だが、それだけの気迫が沙羅にあったとも言える。

沙羅の後を何人かが追いかけたが、沙羅の俊足には追いつけなかった。その速度は沙羅自身でさえ驚くほどのものだったが、本人はただただ竜帝の無事を確かめたい一心であり、そのような些事《さじ》を考える暇はなかった。

花嫁の私室の扉を守る衛兵に取り押さえられそうになりながらも、沙羅は体当たりで扉を開けた。

「竜帝さまっ！」

部屋の中には甘ったるい匂《にお》いが立ち込めていた。

視界に飛び込んできたのは、薄暗い部屋の中、倒れている竜帝――。

顔を両手で挟んでわなわなと震えている延珠には目もくれず、沙羅は竜帝の元へと駆け寄った。

竜帝はぐったりとしていて意識がなく、そのわき腹には小刀が突き刺さっていた。

鼻腔《びこう》を鉄錆《てつさび》の匂いが刺激する。

沙羅が小刀を引き抜くと、どぷりと血があふれた。

竜殺石《りゅうさっせき》――。

血まみれのそれは黒い刀身に赤黒い筋が走っていて、一目でそうとわかった。研《と》いだ石に幅の広い革ひもを巻き付けただけの簡素な代物《しろもの》だった。

沙羅の顔が真っ青《まさお》になった。

この大きさは異常だ。以前杭《くい》の先についていたような小さな欠片《かけら》でさえ珍品だというのに、全体が手首から中指までの長さがある。

沙羅は悲鳴を上げそうになるのをこらえ、代わりに叫んだ。

「薬を持ってきて！　早く！　鳴伊を呼んで！」

顔を上げると、沙羅を追いかけてきた衛兵たちが部屋に入った所で立ち尽くしていた。

「早くなさい！」

そのうちの一人が沙羅の叱咤《しった》で我に返ると、それが一瞬で彼女たち全員に伝播《でんぱ》して、それぞれが一斉に動き始めた。

薬師を連れて来ると飛び出した者、他の衛兵を呼びに行く者、竜帝を寝台へ寝かせようとする者、明かりをつけ始める者——。

「布を用意して！　あと水！」

沙羅は寝台に寝かされた竜帝の衣服をはぎ、傷の具合を確かめた。竜帝の鼓動に合わせて、血がどぷりどぷりとあふれてくる。その周りは紫色に腫《は》れていた。

寝台の敷布で傷を押さえ、圧迫止血を試みる。しかし深く刺された傷では血が止まるはずもない。みるみるうちに敷布が真っ赤《か》に染まっていく。

「ちょっとここ押さえてて！」

沙羅は女官の一人に圧迫を任せ、部屋の棚の一つに駆け寄った。引き出しから小さな薬壺《つぼ》を取り出す。

霊薬だ。何かあった時のためにと花嫁の私室にも置いてある。

紙で施《ほどこ》された封を乱暴に開け、顔をしかめた。綺麗《きれい》なクリーム色をしているはずが、少し色が濁っている。使った切立花《きりたちばな》の状態が良くなかったのだ。

その思考を一瞬で捨て、沙羅は薬を二本の指ですくい取った。

「どいて！」

とめどなく血をあふれさせる傷口にべったりと塗りつける。

「お願い、止まって！」

沙羅の願いむなしく、出血は続くばかり。それどころか、紫色が傷口からその周囲へとじわじわと広がっていた。

そこへ、鳴伊が駆けつけた。

「姉様っ」

沙羅はその手の薬壺をひったくった。薬室にあった残りの霊薬だった。その色もあまり良くはなかった。

中身を指ですくって竜帝の傷口にたっぷりと塗る。

薬効なのか、単に軟膏《なんこう》を塗り込めたからなのか、出血が幾分《いくぶん》か和《やわ》らいだように見えた。

「竜帝さま、竜帝さまっ！」

沙羅は傷口を押さえながら竜帝の名を呼ぶ。しかし竜帝は苦しそうな顔で気を失ったままだ。その額には脂汗が浮かんでいた。

「鳴伊、代わって」

鳴伊に圧迫役を代わると、鳴伊が肩に提《さ》げていた鞄《かばん》を受け取り、中身を確認した。片っ端から薬を入れて来たらしい。良い判断だ。

沙羅は中から毒消し薬の壺を取り出した。果氷国《かひょうこく》の竜殺石の攻撃があってから常備していた物だ。材料を取り揃《そろ》え、あの時に間に合わせで調合《つく》った薬よりも効能が高く、経口薬ではなく直接傷に塗る薬だから、効きも早い。

「鳴伊」

声をかけられた鳴伊が布をよける。

そこへ沙羅が薬を塗りたくった。

しかし目に見えた変化はない。傷口は酸で焼いたかのようにどろどろに溶けていて、その周りの紫色は濃くなり、すでに胸の辺りまで広がっていた。

大きな竜殺石だったせいで、体に毒がたくさん入ってしまったのだ。毒消しがほとんど効かず、そのせいで切立花の効果も弱まっている。

「白家のみんなを呼んできて！」

沙羅はおろおろとしている女官長に指示を出した。

「ですが――」

「私たちだけじゃ対処しきれない。つべこべ言わずに早くっ！」

男子禁制などと言っている場合ではない。人手が足りないのだ。医術の知識も必要だった。

白家の者が来るまで、沙羅はできる限りのことをした。鳴伊と女官たちに指示を出し、竜帝に毒消しを飲ませ、薬を塗布し、竜帝の体を冷やし、毒に効くというツボを押した。

誰も沙羅が筆頭専属薬師でなくなっていたことなど頭になかった。

「沙羅！」

声と共に飛び込んできたのは香瀬《かせ》だった。その後ろにも薬師が続いている。清伽も来ていた。

「竜殺石による刺し傷。霊薬と毒消しを塗った。傷口が侵されてて、毒が広がってる」

「代われ」

香瀬が腕をまくって竜帝に近づいた。

沙羅と鳴伊が場所を譲る。

他の薬師が、用意されていた手桶《ておけ》の水に布を浸し、竜帝の顔の汗を拭《ぬぐ》っていく。

香瀬が竜帝を診《み》ている間、沙羅は白くなるほどに握った両手を口元に持っていき、がたがたと震えていた。

その肩に手を回したのは沙羅の父親だ。

「大丈夫。竜帝様がこんなことでどうにかなられるはずがない」

「だけど……！」

その時、竜帝が呻《うめ》き声を上げた。

「う……」

「竜帝さまっ！　竜帝さまっ！」

沙羅が声を上げるが、竜帝は苦しそうに呻くだけで目を開けようとはしない。

沙羅は後悔していた。

この三ヶ月間、沙羅が薬を扱えなかったせいだ。

専属薬師から外されることになった時、どうしてもっと抗議しなかったの。

鳴伊が切立花の採取に行く時、どうして一緒に行きたいと竜帝さまに直訴《じきそ》しなかったの。

どうして……！

切立花を自分で採りに行っていたら。最高の状態の花を自分で選んでいたら――。

その時、竜帝が薄く目を開けた。

「さら……」

「竜帝さま！」

顔を拭《ぬぐ》う者を押しやって、竜帝が上げた手を沙羅が取る。

「沙羅、泣くな。大丈夫だ」

それだけ言って、竜帝はまた目を閉じた。ぱたりと手が沙羅の両手から落ちる。

沙羅は悲鳴を上げそうになった。

それをぐっと呑み込む。

「私、見ていられない……！」

震える声でそう言って、沙羅は部屋を飛び出した。

「沙羅！」

香瀬や他の薬師の咎《とが》めるような声が聞こえたが、沙羅は足を止めなかった。

自室に戻って服を着替え、薬室で手早く必要な物を集める。そして外へ。

苦しむ竜帝を見ているのは辛《つら》かった。

だが、それで逃げ出したわけではなかった。

もし竜帝が死んでしまったらと思うと、胸が潰《つぶ》れそうなほど痛かった。本当にそうなったら、心がばらばらに砕けてしまうだろう。

私にできることはこれしかない……！

竜帝の側《そば》にいて沙羅がやれることはもうなかった。薬師は薬を調合《つく》るのが仕事だ。その後は薬が効くのを願うことしかできない。

沙羅は厩《うまや》に駆け込んで馬を一頭連れ出すと、切立花の咲く崖《がけ》へと向かった。


瀕死《ひんし》の竜帝に呼応して、外は大嵐になっていた。雨は桶《おけ》をひっくり返したような勢いで、稲光《いなびかり》が立て続けに光る。ゴロゴロという雷鳴が鳴り止《や》まない。

そんな中、灯《あか》り一つで馬を駆るのは正気の沙汰《さた》ではなかった。

だが沙羅は尋常ではない集中力で馬を操った。

馬の方も野生の勘が働いたのか、普段よりも随分と時間がかかってしまったものの、どうにかこうにか切立花のある崖の上までたどり着いた。

馬から飛び降りた沙羅は、さっそく背負っていた荷物から縄を取り出し、両端を自分の体と木の幹にしっかりと結びつける。

そして崖を降り始めた。

腰につけた灯りだけでは岩の凹凸《おうとつ》がよく見えない。ピカッと光る稲妻が沙羅を導いた。

焦りと雨で手の中の縄が滑る。岩にかけた足も滑る。

もはや降りているのか滑り落ちているのかわからない速度だった。

それでも、切立花が生えている辺りにまで来た所でなんとか止まることができた。

目の前には雨に打たれている二輪の花。だがそれは開ききってしまっている。

「これじゃない」

その辺りの花を調べて回るが、どれも時期が過ぎてしまっていたり、まだ蕾《つぼみ》だったりして、沙羅が求めている状態ではなかった。

普段でさえ人数を集めて複数人で採りに来るのだ。暗い中、崖を縦に横に移動しながら沙羅の目だけで探すのは無理があった。

沙羅は唇を噛《か》んだ。顔を歪《ゆが》めて苦しそうに沙羅の名を呼んだ竜帝の顔が浮かぶ。

なんとかして見つけなくてはならない。

もっと下に行けばきっとある。

薬師は上から順に花を摘《つ》んでいくから、採りにくい下方にはまだ残っている可能性が十分にあった。

縄の長さが限界に達した。だがまだ一輪も見つかっていない。

沙羅は鞄から小刀を取り出し、腰に結んだ縄を切った。

そこからさらに降りていく。

命綱がなかろうと関係なかった。手を滑らせたら最後、崖下へと真っ逆さまである。しかし何も怖くはなかった。沙羅は今まで落ちたことはなかったし、竜帝が死んでしまうことの方がよっぽど怖かったのだ。

そうやってしばらく降りた後、ようやく目当ての花を見つけることができた。そっと摘んで鞄にしまう。

手つかずのこの場所ではすぐに必要分が集まった。

後は登るだけだ。

だが、これが問題だった。

視界が悪い。手は寒さにかじかんで、力が入らなくなってきた。手袋をしたままでは上手く岩をつかむことができず、沙羅は手袋を投げ捨てた。

縄が垂れている所まで登ると腰に縄を結び直し、さらに登っていく。そのうちに指先から血が出始めた。手の平も縄に擦《こす》れてぐずぐずだ。幸いなことに冷え切った手に痛みは感じなかった。

急ぐあまりに何度か足を滑らせ、ときおり腕二本で体を支えることになりながらも、沙羅は着実に崖を登っていった。

竜帝さま。竜帝さま。

心の中にあったのは、なんとしてでも竜帝を助けたいという想い。

最高の状態の生花を使って最高の霊薬を調合《つく》ったとしても、あの傷には効かないかもしれない。

それでも、自分にできることをしたかった。ただ見ているだけなんてできなかった。

歯を食いしばり、かじかんだ手と滑るつま先で体を持ち上げる。

一度も降りたことのない長い距離を、沙羅はなんとか登りきった。

「はぁ、はぁ、はぁ……」

地面にぺたりと座り込む。もう腕は上がらないというほどに筋肉を限界まで使い切っていた。

だが、ここでじっとしていても意味がない。一刻も早く竜帝の元へと戻らなければ。

沙羅は座り込んだまま鞄を開いて傷薬を取り出した。皮のむけた手の平に擦り込み、包帯を巻く。雨で濡《ぬ》れた包帯に、すぐに血が滲《にじ》み出た。

応急処置でしかないが、これで手綱《たづな》を取ることができる。

震える太ももを拳で叩《たた》いて立ち上がると、沙羅は馬に跨《また》がって帝都へと向かった。

山道を馬を繰って駆け降りていく。無茶《むちゃ》な行程だというのに、馬は従順に従ってくれていた。

間に合え。間に合え。間に合え。

雨が降りしきる暗闇の中、馬は順調に進んでいた。

しかし――。

「あっ」

わずかに気が緩んだのだろう。

曲がりくねる山道を馬が方向転換した時、限界まで酷使して力の入らなくなった手が手綱から離れた。そして馬を挟んでいた太ももも同じく筋力を失っていて、振られた上半身を支えきれなかった。

沙羅は馬上から投げ出され、遠心力に従って急な斜面へと落ちた。

「かはっ」

体が斜面へと叩きつけられ、そのままごろごろと転がり落ちる。

「う、うぅっ……」

地面で頭を打ったが、幸いにも気を失うことは免れた。

「早く、行かなくちゃ」

ぐらぐらする頭を押さえて体を起こした沙羅は、斜面の上を見つめた。

暗くて山道まで見通すことができない。だが、斜面が相当急なことだけはわかった。

登れるだろうか。

登ったところで、馬は待っていてくれているだろうか。馬につけた灯りの光が全く見えないことからして、それは望み薄だった。

沙羅は頭を振った。

考えるよりも先に動け。なんとしてでも切立花を持ち帰り、薬を調合《つく》らなければならないのだから。

沙羅は立ち上がろうとして――。

「痛《いた》っ」

――失敗した。

右足首がひどく痛んだのだ。

触って確かめると腫れていた。折れてはいない。捻挫《ねんざ》だった。

捻挫の薬は持ってきていない。周りを見ても、暗がりの中で効きそうな薬草を見つけることは不可能だった。

沙羅は途方に暮れた。この怪我《けが》でこの斜面を登れるだろうか。

改めて斜面を見上げる。

だが、登るしかないのだ。

右足に力を入れないようによろよろと立ち上がり、沙羅は斜面に取り付いた。

丈夫そうな草をつかんで体を引き上げる。

「あぁっっ！」

だが、右足に力を入れた時に、激痛が走った。力の抜けた左足が滑り、沙羅はずり落ちた。

痛みをこらえて何度か挑戦したが、少しも進むことはできなかった。急なだけでなく、斜面がぬかるんでいて踏ん張りが利《き》かない。

駄目だ。登れない。

たとえ怪我をしていなかったとしても、登りきることは到底できそうになかった。

どうしよう。どうしよう。

竜帝さま。竜帝さま。

全身泥にまみれながら、沙羅は必死に考えた。

「降りればいいんだ……！」

帝都は山の麓《ふもと》にある。逆に下っていけば――。

だが。

「どっち……？」

月も星も分厚い雲に遮られていた。方角を知る手立てがない。

帝都から切立花の崖に行く道は山をぐるぐると回っている。どこで落ちたのかわからない。帝都が運良く下る方向にあればいいが、反対側だったら逆に遠回りだ。

かつて見た地図と通ってきた道のりを必死に照合しようとするが、無我夢中で駆けていたからどの辺にいたかは不明だった。第一、地図自体あてになるものではない。

山で迷子になった時は登るのが鉄則だ。山頂か尾根に出れば方角もわかるし、誰かが助けに来た時に見つけてもらいやすくなる。

だが、目の前の斜面は登れない。

今度こそ沙羅は途方に暮れた。

別の場所からなら登れるかもしれない。

沙羅は登れそうな場所を探して斜面に沿って歩いた。手頃な枝を杖《つえ》に、右足を引きずって。

それもやがて限界がやってくる。

濡れた服は重く、冷えた体は思うように動かない。崖の登り降りで筋力も体力も限界だ。ついに気力だけでは動けなくなり、沙羅は大きな木の根元に座り込んだ。葉は多すぎる雨を防ぎきれず、ぽたぽたとしずくが落ちてくる。

鞄の中の切立花を見た。

竜帝さま。竜帝さま。

ようやく自分の行いが無謀だったことに気がついた。せめて誰かについて来てもらっていれば。

竜帝さま。竜帝さま。

どうして自分は竜帝さまから離れてこんな所にいるのだろう。

側にいればよかった。

竜帝さま。竜帝さま。

他にもできることがあったんじゃないか。

竜帝さま。竜帝さま。

どうか、どうかご無事で。

沙羅は祈るように両手を握り合わせた。

この無茶が無駄になればいい、と強く願った。


じくじくとした腹の痛みで竜帝は目を覚ました。

「竜帝様。気がつかれましたか」

「わたしは一体……」

そう呟《つぶや》いて、自身に起こったことを思い出す。

腹を刺されたのだ。よりによって片割れに。

「竜殺石で刺されたのでございます。霊薬と毒消しを使いましたが、毒が残っていてなかなか血が止まりません」

説明したのは白家の男だった。ぼんやりとした視界の中、沙羅の祝言《しゅうげん》の相手となる男だとわかった。

竜殺石。そんな物をなぜ片割れが。

「沙羅は?」

心配そうな顔をしている面々を見回して、竜帝は訊《たず》ねた。薬師、筆頭女官、冢宰《ちょうさい》はいるが、沙羅がいない。

「苦しむ竜帝様を見ていられない、と言って出て行きました。筆頭専属薬師はここに」

言ったのは沙羅の父親だった。背中を押されて前に進み出たのは、青い顔をして震えている娘。このところ沙羅の代理を務め、本日付けで筆頭薬師となった娘だ。

「いい。沙羅を呼んでくれ」

女官長が頷《うなず》くと、隣にいた上級女官が部屋を出て行った。

筆頭薬師に用があるのではない。沙羅の顔が見たかった。

腹の傷がひどく痛むが、全く何やってるんですか、と沙羅が軽口を叩いたなら、少しは楽になれるのではないかと思った。

先ほど沙羅は涙を流していた。泣いている沙羅を見るのは何年ぶりだろう。泣き虫だった沙羅はいつの間にか大きくなっていた。

しばらくして女官が戻ってきた。しかし沙羅を伴ってはいない。

女官が耳打ちをすると、女官長が目を見開いた。厩、という言葉が聞こえた。

「どうした」

「それが……」

女官長の目がさまよう。

「言え」

「白沙羅がどこにも見当たりません」

沙羅がいない？

「まさか――」

声を上げたのは沙羅の父親だった。それ以上言葉は発しなかったが、竜帝はその男が何を考えているのかを察した。

そして、沙羅が後宮に――宮廷にはいないのだと直感した。

ざわざわと竜帝の胸が騒ぐ。

竜帝は体を起こした。

巻いた包帯がみるみるうちに真っ赤に染まっていく。

「いけません。安静にしていただかないと……！」

「触るな。わたしのことはいいから沙羅を捜せ！」

「そういうわけには参りません」

竜帝の言葉だというのに、筆頭薬師だけでなく、女官長、冢宰までもが竜帝を押さえにかかった。

「沙羅姉様は私どもが捜します。ですからどうか安静になさって下さい」

「うるさい。そこを退《の》け。命令だ！」

竜帝の眼光が鋭くなった。刺すような視線に、彼らは堪《たま》らず後ずさってしまう。

竜帝が本気で怒れば耐えられようもない。見えない竜気がぶわりと広がり、その場の──特に男たちの皮膚《ひふ》がちりちりと痛んだ。うっと吐き気をこらえる呻き声がした。

竜帝は痛む腹を押さえて寝台から降りると、制止の声を無視して部屋を横切り、廊下に出た。

「竜帝様、何をなさるおつもりですか。どうかお戻り下さい。傷は浅くはないのです」

追ってきた彼らは口々に言ったが、竜帝の一睨《ひとにら》みで口を閉じた。

竜帝は中庭に出た。

ここにきて、彼らは竜帝が何をしようとしているのかを悟った。

「お止《や》め下さい！　沙羅はどこかにおります。お戻り下さい！」

「竜帝様、お止め下さい！」

懇願に近い彼らの言葉を振り切って、竜帝は黒竜へと変じたかと思うと、空へと舞い上がった。

ばさりと羽ばたかれた翼が、竜帝を止めようと寄っていた彼らの体を打つ。

「竜帝様っ！」

叫び声は、黒竜の耳には届かなかった。


沙羅。沙羅。沙羅。

黒竜のわき腹の鱗《うろこ》は大きく割れ、血が滴り落ちていた。翼を動かすたびに、ずきずきと全身に痛みが走る。

沙羅。沙羅。沙羅。

きっと沙羅は切立花を採りに行ったのだろう。より効能の高い霊薬を調合するために。

それは推測でしかなかったが、竜帝には沙羅のいる方角がわかっていた。

大雨の中、夜一人であんな危険な崖に行くなど無謀が過ぎる。

迎えに行ってやらなければ――。

沙羅が迷子になった時、捜し出すのはいつも竜帝だった。

竜帝が見つけると、目に涙をためた沙羅はぱちくりと一度瞬《まばた》きをした後、大泣きするのだ。

泣く沙羅を抱えてあやしながら宮廷まで戻るのが竜帝の役目だった。

竜帝が意識を取り戻し、気力を振り絞ったことで、空を覆う分厚い雲は急速に晴れていった。

沙羅はここだ。

そう思ったその場所は、崖のある山を通り越した向こう側だった。明かりの一つも見えず、沙羅がいるはずもない場所だ。

だが、竜帝は確信していた。

竜帝はふわりとその場に降り立った。


木の幹に寄りかかって座っていた沙羅は、寒さでがたがたと震えていた。このままここにいたら死んでしまうだろう、とぼんやりと思った。

竜帝さま。ごめんなさい。何もできなくて。ごめんなさい。

そう呟いた時、ばさりと羽音が聞こえた。

沙羅が空を見上げると、いつの間にか雨は止《や》んでいて、満月が見えていた。その大きな月を背景にして黒竜が飛んでいた。

「竜帝さま……？」

沙羅が見ている前で黒竜は地に降り、人の形をとった。

「沙羅っ！」

竜帝が駆け寄り、膝《ひざ》を落として沙羅を抱き寄せた。

「ここにいたか。捜したぞ。こんなに冷たくなって。泥だらけではないか。怪我はしていないか？」

黄金の瞳が心配そうに沙羅を見ている。

「ああ……手に怪我をしたのだな。痛むだろう」

沙羅の手の包帯に目を留めた後、竜帝は沙羅の顔に手を添え目を覗《のぞ》き込んできた。

「竜帝さま？」

沙羅は竜帝の手に触れた。幻を見ているのではないかと思ったのだ。

「ああそうだ。迎えに来た。帰ろう」

「本当に、竜帝さま？」

「そうだと言っている」

沙羅はぱちぱちと目を瞬《またた》かせたのち、はっと我に返った。ここに来たということは、傷は治ったのか。

「お腹《なか》の傷は⁉」

「大したことはない」

「治ったんですか？」

「いや……治ってはいない」

竜帝は目をそらした。

沙羅は、顔を下に向けて竜帝の体に目を走らせると、悲鳴を上げた。

上半身に巻かれた包帯が真っ黒になっていた。もはや黒い布を巻いているようにしか見えない。太陽の光の下では真っ赤に見えるに違いなかった。下半身の衣服が濃い色のためわからないが、絶対に服も血まみれだ。

包帯に覆われていない所には紫色が軟体生物のように広がっていて、それは首元まで達しようとしていた。

「こんなに酷《ひど》い傷なのに、どうして来たんですか！」

「沙羅が心配だったからだ」

竜帝が困ったような顔をした。

「これくらいの傷、大したことはない」

「いやいやいや、大したことありますよね。まだ血が止まっていないでしょう⁉　毒も、こんなに広がって！」

「沙羅が無事ならそれでいい」

「よくない！」

「もう来てしまった」

「それはっ……そうですけど……！」

それ以上何も言えなくなった沙羅の腕を竜帝がつかみ、沙羅を立たせた。

「痛《いた》っ」

うっかり右足に体重をかけてしまった沙羅が声を上げる。

「どうした⁉　他にも怪我があるのか。どこだ」

「竜帝さまに比べたら大したことはありません」

竜帝は跪《ひざまず》いて沙羅の足首を確かめた。

「右足が腫れているな。痛むか」

「……体重をかけなければ痛くありません」

皮肉が通じなかった沙羅は、素直に答えた。

「乗れ」

竜帝が背を向けた。梯子《はしご》がないから、小さい時のように竜に負《お》ぶってから竜の姿になるというのだろう。

だがそれを沙羅は断った。

「乗りません」

「なぜだ」

振り向いた竜帝が言う。

「これだけ持って行って下さい。切立花です。鳴伊に霊薬を作らせて下さい。最高の花を集めました。生ですからずっと効き目はいいはずです」

沙羅は鞄を竜帝へと差し出した。ここまで来られたならもう必要ないかもしれないけれど。

「私がいない方が竜帝さまに負担がかかりませんよね。いいから行って下さい」

「わたしは沙羅を迎えに来たのだ。早く乗れ」

「乗りません」

強情な沙羅に竜帝が眉を寄せる。

かと思うとその輪郭がぼやけ、黒竜に変わった。

沙羅が無言で鞄を差し出す。

黒竜はそれに顔を近づけ――。

ぱくりと沙羅の服をくわえた。

「え？　え？　ええ!?」

沙羅が動転している間に、黒竜は沙羅をひょいっと持ち上げて背中へと乗せた。

「ちょ、ちょっと竜帝さま！」

「沙羅一人乗せても変わらない。――落ちるなよ」

沙羅が答える前に、ふわりと黒竜が浮き上がってしまった。

「……落とさないで下さいね」

沙羅はそう言うしかなかった。

温かく優しい感触が沙羅を包み込む。幼い頃に竜帝に抱っこされた時のような安心感。

沙羅の目から涙が落ちた。

「どうした。傷が痛むのか」

「違い、ますっ」

「ならなぜ泣く」

「安心っしたら、急に」

「そうか。沙羅は迷子になるといつもそうだな」

くくっと黒竜は笑った。

子ども扱いをされた沙羅は、むぅと口をとがらせた。

そうではない。独りで途方に暮れていたところを見つけてもらえたことではなく、竜帝が無事だったことに安堵《あんど》したのだ。

「竜帝さま、私、竜帝さまのために切立花を採りに行ったんですよ」

「知っている」

「じゃあなんで来たんですか。私が来た意味ないじゃないですか」

「無茶をするな」

「私は竜帝さまの筆頭――元筆頭専属薬師です。竜帝さまのためなら無茶でも何でもします」

自然と筆頭専属薬師という言葉が口をついて出た。もう、筆頭専属薬師どころか、薬師でもないのに。

「沙羅、このような無茶はもうしないと言ってくれ」

「嫌です。竜帝さまに何かあったら何度でもします」

沙羅は黒竜の首に顔を寄せた。

大好きな人。一番大切な人。

この人のためなら死んだっていい――。

「沙羅……」

黒竜は、呆《あき》れたような諦《あきら》めたような声を出し、それきり口を閉じた。

黒竜が戻って来るのを見て、薬師や女官、清伽たちが中庭に集まった。

その中心へふわりと降り立つ黒竜。

とろりと黒竜の輪郭が溶けたかと思うと、竜帝に背負われた沙羅が現れた。竜帝がそっと沙羅を降ろす。

「竜帝様っ！　お早く寝台へ！」

清伽が走り寄ってきた。

「わたしのことはいい。まず沙羅の手当てを。手と足を怪我している」

「そうは参りません。お早くお戻り下さい」

「わたしは沙羅の手当てが終わるまでは寝台に入らない」

「何を仰《おっしゃ》いますか！」

「わたしの言葉が聞けぬのか」

竜帝が言い募《つの》った清伽を睨みつけた。

「沙羅っ！　何をやってるんだ！」

怒鳴りつけたのは父親だった。

沙羅はそれを無視した。怒られるのは後でいい。

「鳴伊、切立花を採ってきた。竜帝さまに霊薬を調合《つく》ってあげて」

「は、はいっ」

「駄目だ」

鞄ごと切立花を受け取った鳴伊を制止したのは竜帝だ。

「沙羅の作った薬でなければ駄目だ。他の薬師の物は使わせない」

「鳴伊はちゃんと調合れます！　それに私、今は薬師じゃ――」

「沙羅のでなければ駄目だ」

竜帝は聞かなかった。

「いいか、絶対だ。沙羅が作った薬しか使うな。これは命令だ」

そう言うと、竜帝の体がぐらりと傾いた。横にいた清伽がそれを支える。

「竜帝様っ！」

悲鳴が上がった。

沙羅は走り寄りたいのをぐっとこらえて、父親を見た。

私の今やるべきことは、薬を調合《つく》ること。

「父さん、薬を調合るから薬室に連れて行って。歩けないの」

父親は無言で沙羅を見つめると、沙羅を負ぶった。

「竜帝さま、すぐに薬を調合るので待っていて下さい。――大人しく。寝台で」

「……わかった」

有無を言わさぬ口調で言うと、竜帝は頷いた。

「香瀬兄《にい》、竜帝さまのこと、お願いね」

「ああ」

沙羅は父親に負ぶわれ、鳴伊を伴って薬室に向かった。

その姿が見えなくなった途端、竜帝の体から力が抜けた。清伽が支えきれず、竜帝はその場に崩れ落ちた。

顔には脂汗が浮き、高熱を出している。相当な無理をしたのだ。

香瀬と臣下たちは急いで竜帝を部屋へと運んだ。


薬室に到着した沙羅は、赤く染まった手の平の包帯を解いて鳴伊に手当てをしてもらい、捻挫の応急処置を受けながら、採ってきたばかりの生の切立花で手早く霊薬を調合《つく》った。

複雑な工程を流れるようにこなしていく。鳴伊も手伝った。

できたのは綺麗なクリーム色の軟膏《なんこう》だ。

再度父親に頼んで、沙羅は竜帝の部屋へと連れて行ってもらった。

「竜帝さま、お薬ができました」

「さら……」

寝台で横になる竜帝はひどく辛そうだった。

額を濡らした布で冷やしているが、逆に顔が青白い。

香瀬が腹にあてた布を押さえていた。その布はすでに赤くなっている。

沙羅は思わず顔をしかめた。痛々しい。

できたばかりの霊薬を手に、竜帝のわき腹の前に立つ。

香瀬が押さえていた布をよける。

傷口を見て、沙羅は泣き出しそうになった。出血はだいぶ治まっていたが、それでも流れ続けており、毒の影響で傷の周りはどす黒くなっていた。ほとんど壊死《えし》している。

こんな傷を抱えて迎えに来てくれたなんて――。

沙羅は霊薬を傷口を塞《ふさ》ぐように塗った。触れるたびに竜帝が呻《うめ》く。肌が熱を持っているのがわかった。

差し出された新しい布で傷口を押さえる。

これで治らなかったらどうしよう。

沙羅は竜帝の傷を治す霊薬を作るために崖へ向かったのだ。なのに竜帝に無理をさせ、余計に消耗させる結果になった。

できる限りのことはしたが、沙羅の作った霊薬が効く保証もない。

それなのに。

沙羅は唇を噛んだ。

「そんな顔をするな」

かすれた声で竜帝が言う。

「お前たちは下がれ。沙羅に話がある」

「それは承服しかねます」

清伽が即座に拒否した。

「下がれ」

「いいえ、私はお側を離れません」

「くどい」

そう言った竜帝の眼光は、毒に侵され重傷を負っているとは思えない鋭さだったが、清伽は退《ひ》かなかった。

「せめて医術に長《た》けた者だけでも――」

「筆頭薬師の沙羅がいるのだ。不足はない」

「ですが――」

「下がれ」

沙羅は竜帝を不安そうに見た。

「香瀬兄だけでもいてもらいませんか」

「沙羅、二人だけで話がしたいのだ。――お前たちは下がれ」

「そのご命令は聞けません」

竜帝は引かなかったが、清伽もまた引かなかった。

「そうか」

そう言って、竜帝は体を起こそうとした。

「竜帝さま⁉」

「竜帝様、何を……！」

慌てて周囲の者が寝かせようと手を出す。

竜帝はそれらを払いのけた。

「お前たちが出て行かないのならわたしが出て行く。沙羅、行くぞ」

「駄目です、竜帝さま。安静にしていないと！」

沙羅も制止したが、それでも竜帝は体を起こそうとする。腹の傷から、どぷりと血がこぼれた。

「わかりました！」

竜帝のとんでもない行動に、清伽が折れた。

「隣の部屋で待機しております」

立礼をして清伽は部屋を出て行った。他の者たちも戸惑いながら後に続く。

「沙羅、竜帝様を頼んだぞ」

「うん」

最後に香瀬が言い残し、部屋には沙羅と竜帝だけが残った。

「……やっと二人で話せるな」

竜帝が静かに言った。

「もうお休みになって下さい。傷に障《さわ》ります」

沙羅はあふれた血を拭き取り、薬を塗り直した。

「言っただろう。沙羅に話があるのだ」

真剣な顔で言われ、沙羅は口をつぐむ。

「もっと近くに」

竜帝に言われ、沙羅は片手で布を押さえたまま、竜帝の頭の方へとにじり寄った。

表情が少し和らいでいる。霊薬が効いてきているのだ。思ったよりもずっと早く効いていて、ほっと沙羅は息をついた。生花の効能は高かった。

「わたしが誰に傷を負わされたか知っているか」

沙羅は答えるのを躊躇《ためら》った。

震えていた延珠を思い出す。

最愛の魂の片割れに刺されるなど、大変な衝撃を受けただろう。

しかも竜殺石だ。明確な殺意があったとしか思えない。

竜帝はじっと沙羅の返答を待っている。沙羅はおずおずと口にした。

「花嫁様、ですよね」

「あれは片割れではなかった」

「どういうことですか？」

犯人は別にいるというのか。

確かに沙羅は刺された瞬間を目撃したわけではない。花嫁が横にいたのを見ただけだ。

しかし、沙羅の疑問は的外れだった。

「あの女は片割れではなかった」

「……え？」

そっち？

延珠が花嫁ではなかった？

「竜涎香《りゅうぜんこう》だ」

「竜涎香って、あの竜涎香ですか？　でもあれ幻の品じゃ……」

つい先日文献で読んだばかりだ。竜にとっての木天蓼《またたび》のような物だが、実在しないと書いてあった。

「あるのだ。本当に。それを使われた」

延珠から香ってきたいい匂《にお》い。そして部屋に立ち込めていた甘い香り。あれがそうだというのか。

「今はあの女のことを何とも思わない。毒消しの薬が香の効果も打ち消したのだろう。あのような物に騙《だま》されるとは、わたしは自分が情けない」

竜帝がため息交じりに言った。

「沙羅が薬を作っている間に冢宰から報告を受けた。付き人が自供したそうだ。あの女は、元々わたしを殺すために近づいてきたのだ」

「竜帝さまをですか⁉」

そんなふうには見えなかった。沙羅には延珠が竜帝を心から慕《した》っているように見えていた。

「果氷国の刺客《しかく》だ」

だから竜殺石を持っていたのか。

「戦場に行くなと言ったのも、戻ってきたわたしに取りすがったのも、わたしの邪魔をするためだったそうだ。わたしの身を案じてる演技をして。心配など露《つゆ》ほどもしていなかったのだろうな」

竜帝が自嘲《じちょう》する。

治療の邪魔だと沙羅が思っていたのは正しかったのだ。延珠はわざとそうしていた。薄情な女、と言った時のあの表情も演技だったのか。

「でも、花嫁様は妊娠されましたよね？」

竜は片割れとしか子を成さない。子が出来たということは、すなわち片割れだということだ。

竜帝が口を歪めた。

傷口が痛むのかと沙羅が確かめると、傷は塞《ふさ》がってきていた。広がっていた紫色の範囲も狭くなりつつある。

「あれはわたしの子ではない」

「そんな馬鹿《ばか》な」

後宮は男子禁制だ。今は緊急事態だから別として、普段は竜帝しか入ることはできない。そして延珠は最近は後宮から出ていたようだが、ずっと竜帝と一緒にいたはずだ。いつそんな隙があったのだろうか。

そりゃあ、まあ、一瞬あればなんとかなるのかもしれないけれど……。

経験のない沙羅には、男性の生理のことはよくわからない。

「付き人が妊娠させたそうだ」

竜帝がため息をついた。

「あの付き人さん、男の人だったんですか⁉」

女性にしか見えなかった。

というか、後宮に入る時に検査があるはずだ。ついていなかったということではないのか。

それに、男であればたとえ宦官《かんがん》でも入れない。ついていようとなかろうと、若い女性でなければ後宮には何日も留《とど》まれないのだから。

「そんなわけないだろう」

呆《あき》れたように言われた。

「外で入手した物を、あの女が寝ている間に――」

「男の人のを部屋に持ち込んで、花嫁様の……ってことですか⁉」

何ということをするのか。それで妊娠などできるものなのか。

「寝てる間って……それってまさか……」

「ああ。付き人が勝手にやったことで、あの女は知らなかったらしい」

「うわ……」

知らない間に誰とも知らない相手の子どもを妊娠させられたなんて。怖い……。

「腹の子は本当にわたしの子か、と聞いたら刺された」

「それは……刺されても仕方ないのでは……？　花嫁様は知らなかったわけですし」

妊娠したと報告した女性に男が絶対に言ってはいけない言葉の筆頭だ。

「実際違ったであろう。それにあの女は刺客だったのだから、どのみちいつかは刺されていた」

それはたまたま竜帝さまの勘が当たっただけでは。

「わたしには確信があった。竜の子かそうでないかくらいわかる」

それはどうだろう。

そう思いながら、沙羅は傷口をまた確認した。

先ほどよりも塞がってきている。壊死していた部分も、下から新しい肉が盛り上がってきていた。

沙羅は霊薬を塗り直し、布をあてて竜帝の顔を見た。

「ということは、花嫁様探しは継続ですか?」

「いや、片割れはもう見つかった」

「え?」

竜帝が沙羅の顔に手を添えた。

「沙羅がわたしの魂の片割れだ」

……ん?

「えぇと、竜帝さま」

沙羅は小さく手を挙げた。

「私、今年二十一になりました」

「知っている」

「魂の片割れだとわかるのは十六からでは？　私ずっと後宮《ここ》にいましたけど」

「そうだな。沙羅はずっとわたしの側にいた」

意味がわからない。

「沙羅は薬を飲んでいただろう」

「薬？　竜気の影響を減らすためのですか？」

「そうだ。それが沙羅の竜気も抑えていたのだ」

「今朝も飲みましたけど」

「それは偽物だ。あの女がすり替えたのだそうだ。沙羅を後宮から追い出すために」

忌々《いまいま》しい、と竜帝は吐き捨てた。

「そんな馬鹿な」

すり替えられたのなら味でわかるはずだ。沙羅は薬師なのだ。

「事実そうなのだ。今はわずかだが竜気を感じる。沙羅が片割れで間違いない」

「そう言って間違えたじゃないですか……」

竜帝がまた眉を下げた。

「それを言うな。今度は本当だ」

「どうでしょうね」

沙羅は目を眇《すが》めた。

「沙羅、幼い頃から迷子になった沙羅を見つけてきたのはわたしだろう。先ほども沙羅を見つけられたのは、竜気があったからなのだ」

竜帝は真剣な顔をしていたが、沙羅は疑わしく思っていた。

そんな都合のいいことがあるわけがない。あって堪《たま》るか。

「今まで何とも思っていなかったくせに、都合が良すぎませんか。竜帝さまは私のことを娘のように思っていると言いました」

竜帝が困った顔をした。

「それも……沙羅に惹《ひ》かれた結果だ」

よくもまあ、ぬけぬけと。

ふつふつと怒りが湧いてきた。

刺されるまで花嫁にべったりだったくせに、異性とすら思っていなかったくせに、今になって魂の片割れだって？

沙羅の目がどんどん据《す》わっていく。

「どうしたら信じてくれるのだ。沙羅はわたしのことが嫌いか」

「ええそうですね。今嫌いになりました」

竜帝が泣きそうな顔をした。

そんな顔をしたって駄目だ。

「沙羅、そのような嘘《うそ》をつくな。そなたはわたしの魂の片割れだ。惹かれ合うと言っただろう」

「はぁ？」

気安さを通り越した無礼千万な声だったが、もうどうでもよかった。

沙羅はこれまで散々泣かされてきたというのに、さも当然自分のことが好きだろう、というこの態度。

「私、香瀬兄と結婚することになっているので」

「駄目だ」

霊薬の効果でかなり血色が良くなってきていた竜帝が、さっと顔色を変えた。

竜帝は勢いよく上半身を起こして沙羅の腕をつかみ、うっと痛みに呻いて後ろに倒れた。

「他人の結婚に口出さないでもらえますか」

「他人ではない」

「他人です」

「片割れは他人ではない。沙羅はあの男が好きなのか」

「ええ。好きです。香瀬兄は優しい人です。私を大切にしてくれると思います。――竜帝さまとは違って」

沙羅が冷たく言い放つ。

「わたしだって沙羅を大切にする。片割れなのだから」

「その片割れって、竜帝さまが言ってるだけですよね。証明できるんですか？」

「できる。子を作ればいい」

「は？　嫌です。絶対嫌です。それで違ったらどうしてくれるんですか」

証明のために子作り？　するなら証明してからだ。

「ていうか、花嫁様の赤ちゃんが竜帝さまの子じゃないって言ってるのも竜帝さまだけですよね。付き人さんのせいで妊娠したとは限らないじゃないですか。嘘をついているのかもしれません。本当は竜帝さまの子どもなのかもしれないですよね」

やることはやっていたのだ。違うとは言い切れない。

「絶対に違う。あの女は片割れではないのだ。わたしの片割れは沙羅だ」

「はいはいそうですか。そう思ってればいいんじゃないですか。お一人で」

「沙羅、わかってくれ」

「竜帝さま」

沙羅は大きくため息をついた。

「竜帝さまは一度間違えたんですよ？　白家がいくら花嫁様じゃないいんじゃないかと言っても聞かなかったですよね。信用できると思います？」

「沙羅はわたしが信じられないと言うのか」

「さっきからそう言ってるじゃないですか。そんな簡単にころころと言うことを変える人を信じられるわけがありません」

竜帝がまた泣きそうな顔になった。

「沙羅、どうかわたしを信じてくれ。ずっと待ち続けていた。やっと見つけた魂の片割れなのだ」

「それ、花嫁様にも言ってましたよね」

「沙羅、幼き頃、片割れになってくれると約束しただろう」

沙羅は絶句した。

先に約束を破ったのは竜帝の方だ。

いや、竜帝は、考えよう、と言っただけだから、破ったわけではないのかもしれない。

約束通り考えたのだろう。沙羅が十六歳になった時に。そして違うと判断した。

思い返せば、考えるなどと曖昧《あいまい》な表現を使われたことにも腹が立つ。竜帝は、沙羅が片割れである可能性はまずないと思って濁したのだ。

沙羅は何も言わずに傷口を押さえていた布を取り、様子を確かめた。

出血は止まっていた。紫色の腫れはむしろ酷くなっているものの、その範囲はかなり狭くなっていて、毒の効果も弱まっているようだった。

一先《ひとま》ず安心していいだろう。

沙羅の霊薬が効いたのかはわからない。切立花を採りに行かなくても変わらなかったかもしれない。

だがそんなことはどうでもよかった。竜帝がいま無事であることが大事なのだ。

沙羅は傷口にもう一度薬を塗った。

「血は止まったようです。香瀬兄たちを呼んできますね」

「沙羅、まだ話は終わっていない」

「これ以上話すことはありません」

伸ばされた手を優しく——相手は怪我人だ——払い、沙羅は足を引きずりながら退出した。

沙羅は隣室で待機していた香瀬や清伽たちを呼び、そのまま竜帝の部屋へは戻らず、自室に戻った。

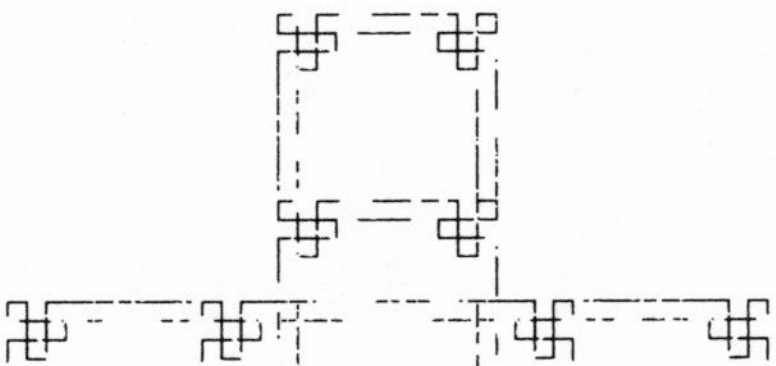

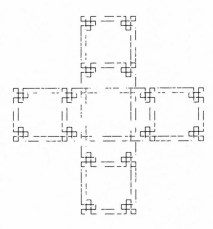

第6章

竜帝の想い

「沙羅《さら》、いつもの手紙だ」

翌朝の仕込みを終えて上がろうとしていた沙羅に、店主が封筒を差し出してきた。

差出人の記載はないが、封に押された印影を見て、沙羅は小さくため息をついた。竜帝からだ。

竜帝を凶刃《きょうじん》から救った翌日、自室から最低限の荷物を持ち出した沙羅は、白家《はく》の宮ではなく、帝都にある親戚《しんせき》の夫婦の家に転がり込んだ。

そこは薬膳《やくぜん》料理を出す店で、白家から他家へ嫁入りした女将《おかみ》は、かつて宮廷で専属薬師を務めていた。

宮廷の専属薬師が来店することも多く、沙羅も何度か食事をしに来たことがある。

行く当てがないことを二人に言うと、看板娘として置いてもらえることになった。女将が妊娠して思うように動けなくなっており、ちょうど人手が必要だったらしい。

事件のことは伏せ、薬師の資格を失ったこととその経緯のみを伝えたが、それでも快く受け入れてくれた。

沙羅が筆頭専属薬師の役目から外れている間に花嫁が子を宿したことは人伝《ひとづて》に聞いているだろうが、白家出身の女将も、沙羅が毒を使ったとはやはり考えていないのだった。

後宮では用意された食事ばかりを食べていた沙羅は、料理の腕はからっきしだったが、そこは元薬師。薬の調合と同じようなものだ、とすぐに上達した。

沙羅が育て、採りに行き、目利《めき》きをして仕入れた薬草の薬効は高く、調合の知識を使って新しい料理の考案もして、勧めて三ヶ月もすれば、この店で食べれば疲れが取れたり体の調子が良くなる、と評判になった。

あてがわれた部屋へと上がった沙羅は、封を切って便箋《びんせん》に目を通すと、深くため息をついた。

書かれているのはいつも同じだ。沙羅が魂の片割れだという主張と、宮廷に戻って来てほしい、という内容だった。

竜帝から最初に手紙が来た時、調子のいい言葉に腹を立てていた沙羅は、返事をしなかった。

本当に戻って来てほしいのなら、手紙ではなくて直接説得しに来ればいいのだ。

そうはしないのだから、本気ではないのだろう。

振り回されるのはごめんだ、と沙羅はそれからも竜帝の手紙を無視し続けた。

だが――。

沙羅は墨で書かれた流麗な文字を指で撫《な》でた。

時々、無性に竜帝に会いたくなる。

竜帝が壮健に過ごしているのは鳴伊《めい》からの手紙で知っていた。

それでも、また魚の小骨を喉《のど》に刺してはいないか、政務のしすぎで隈《くま》を作っていないか、などと考えてしまう。

もしも沙羅が会いたいと手紙を返せば、会いに来てくれるだろうか。

「あー、駄目駄目」

沙羅は頭を振って、竜帝からの手紙を書簡箱にしまった。

会ってどうするのか。

宮廷に戻ったところで、また側《そば》で花嫁を待つ竜帝を見続けなくてはならない。

どうせ沙羅が片割れだというのは間違いなのだから。

このまま会わないままでいれば、この気持ちもやがて落ち着くだろう。

竜帝だってそのうち勘違いだと気づくに違いない。

そう、沙羅は思っていた。


「で、どうしてここにいるんです?」

薄い茶の入った茶碗《ちゃわん》を乱暴に置くと、沙羅は目を眇《すが》めた。

その前に座っていたのは、真《ま》っ直《す》ぐな腰まである黒い髪を持つ、きりりとした顔立ちの男。上衣下裳《じょういかしょう》の色は黒と黄だ。

「沙羅を説得しに来た」

ありえないほどの美形だとか、着ている服が上等すぎるだとか、そんなことは些末《さまつ》なことだった。

問題なのは、男が黄金色の瞳を持つこと。一度もその顔を見たことのない下町の住人であっても、一目で誰なのかわかる。

「お仕事はどうしたんですか」

「片付けてきた」

はぁ、と沙羅はため息をついた。

どういうつもりなのだろうか。

沙羅は一年もの間、竜帝の手紙を無視し続けた。

意地になってしまっていた時期もあるが、このところは竜帝を思い出す頻度も減り、心は凪《な》いでいたのだ。

それが、突然竜帝が店に来た。

先触れがあったわけでもなく、ついこの前の手紙にも一言もそんなことは書いていなかったというのに。

「商売の邪魔なんですけど」

沙羅は周囲を見回した。

当然、この場にいる全員が床に平伏していた。店主はもちろん、食事をしていた客もだ。

立っているのは沙羅と、竜帝の斜め後ろに控えている清伽《せいか》だけだった。

店の扉は開いているが、誰も入ってこられない。立派な営業妨害である。

「貸し切ろう」

「お客さんたちはまだお食事中なんです」

「その分の代金も払う。今日の営業はここで終《しま》いだ。みな悪いな」

「ちょっ、そんな勝手に！」

竜帝の一言で、客は全員一目散に出て行った。

店の扉を外から閉じたのは店主だ。ぱたんと音がしたから、閉店中の札を掛けたに違いない。

「私、宮廷に戻る気はありませんから」

「沙羅がいないと困る」

「困ってないの知ってるんですよ。鳴伊はちゃんと筆頭専属薬師を務められているそうですね。私がいなくても何の問題もないでしょう」

役目を離れていた時は、自分の存在価値を否定されたようで悔しかったが、役に立てる場所を見つけた今はそれほど寂しくは感じない。

「沙羅でなければ意味がない」

「でもこの前、今年の花嫁選定の儀も無事に終わったとか」

冷たく言うと、竜帝はぎくりと肩を震わせた。

花嫁を探しているのだから何事もなく終わってしまっては駄目なのだが、沙羅が言いたかったのはそれではなく、沙羅を花嫁だと言っているのにやったのか、という意味だ。

「反対はしたのだ」

訴えるように目を向けてきた竜帝の言いたいことはわかる。きっと延珠《えんじゅ》の時と同じで、後宮を維持するため、と前回と同じ理由をつけて白家が強行したのだ。

竜帝が誰も選ばなかったから、いつもの通りに見目のいい娘が後宮に妃嬪《ひひん》として入れられ、希望者は女官や衛兵になったのだろう。

「いい加減諦《あきら》めて下さい」

「それはできない」

「朴冢宰《ぼくちょうさい》もなんとか言って下さい」

「これ以上説得する言葉が見つかりません」

澄まし顔でさらりと言われ、沙羅は清伽を睨《にら》んだ。

「冢宰は私の味方だと思っていました」

いつぞやの愚痴の貸しを返してもらうのならば今をおいて他ない。

「私はいつでも沙羅様の味方ですよ」

清伽はしれっとのたまった。

最後の砦《とりで》だと思っていたのに、すでに陥落してしまっているらしい。

いや、以前、沙羅が花嫁であればよかった、と言っていたのだから、初めから砦の扉は開いていて、諸手《もろて》を挙げて歓迎したのかも。

「竜帝さまが仕事を放ってこんな所にいたら皆さん困るでしょう」

「私どもは特に。竜帝様はすでに本日分の政務を終えておられます」

空いた時間で何をしようと竜帝の勝手というわけだ。

そんなはずがあるものか。沙羅が後宮にいた時は毎日忙しくしていた。

臣下が当てにならないのであれば白家はどうかと言えば、白家は歓迎も反対もしていなかった。花嫁選定において、竜帝は完全に白家の信用を失っていたのである。

長老たちはもうぬか喜びはしたくないらしい。延珠が花嫁ではなく刺客《しかく》だったと知り、子が出来た喜びで延びたはずの寿命が縮んだのだそうだ。

だから、沙羅であったなら、とは思っていても、過度な期待はしていないのだった。

「花嫁様の所に行ったらどうですか」

「沙羅……」

沙羅の冷たい言葉に、竜帝は眉を下げた。

「わたしの片割れは沙羅なのだ」

「はいはいそうですか」

鳴伊からの手紙で知ったのだが、結局延珠は妊娠していなかった。想像妊娠だったそうだ。交わってもいない男の子どもができたわけではなかった。

だからといって延珠が花嫁ではないという証明にはならない。別の女性が竜帝が子を成さない限り、それはわからないのだ。

とにかく竜帝の言葉が全てで、それが信用できない以上、沙羅は自分が片割れだと言う竜帝の言《げん》を信じることはできなかった。そう願い続けていて、一度どころか何度も打ち砕かれたのだ。白家のみなと同様、もうこりごりだった。

「沙羅、どうか後宮に戻って来ておくれ」

「私はもう筆頭専属薬師ではありませんし、薬師でもありませんから」

沙羅はすげなく断った。

「もう一度任命する。わたしの体を任せられるのは沙羅しかいない」

はっ、と沙羅は鼻で笑った。皇帝相手に不遜《ふそん》も甚《はなは》だしいが、それを竜帝や清伽が咎《とが》めるはずもない。

「何も食べないなら出て行ってもらえませんか。ここは食事処《どころ》です」

「……食べる。あの日替わり定食とやらをくれ」

竜帝は壁に貼られたメニューを指差した。

「おやっさん、日替わり一丁」

沙羅が厨房《ちゅうぼう》の店主に声をかけたが、返事はなかった。

そういえば、さっき店主は出て行ってしまったのだった。

たとえ店内に残っていたとしても、白家出身で耐性のある女将ならばともかく、下町で生まれ育った店主では、竜帝の口に入る物など作れないと震え上がってしまって、どのみち料理どころではなかったかもしれない。

自分で何か食べろと言っておいて注文を断るわけにもいかず、仕方なく沙羅は自分で作ることにした。

さっと作り、料理が載った盆を竜帝の前に出す。

「日替わり定食です」

「沙羅が作ったのか?」

「そうですけど?」

卓からは厨房で鍋を振っている沙羅が見えていたはずなのだから、なぜそう聞かれるのかわからない。

竜帝は料理をまじまじと見つめていた。

「毒味が必要ですか」

「沙羅が作ったのなら必要ない」

そんなまさかと竜帝は首を振り、清伽も何も言わなかった。

毒など入れるはずもない。少し……いやかなり辛《から》くはしたけれど。

沙羅が見守る前で料理を一口食べた竜帝は、目をわずかに見開いた。

ぱっと沙羅を見るが、沙羅は素知らぬ顔をした。

竜帝はそのまま無言で箸《はし》を進め、ぺろりと食べきった。

食後のお茶をすすると、竜帝は、ほう、と息をついた。

「美味《うま》かった。沙羅は薬だけでなく料理も作れるのだな」

「……」

嬉《うれ》しそうに笑いかけられて、沙羅はそれ以上何も言えなくなった。

「食べたんならとっとと出て行って下さい。お代は宮廷宛てに請求しますので」

沙羅は店の出口を指差した。

あまりにもぞんざいな扱いに、竜帝は引き下がるしかなかった。

「また来る」

「もう来ないで下さい」


ひと月後、沙羅は宮廷の薬草園で、薬草の手入れをしていた。

何度も何度も何度も来る竜帝に負けたのである——店の主人が。

生きた心地がしないと泣いて訴えられ、これ以上迷惑はかけられない、と辞めるしかなかったのだ。

別の所に行こうとも考えたが、どうせ沙羅の動向は監視されていて竜帝に筒抜けだ。この分だとどこにでも来るだろう。たとえ帝都を出たとしても、黒竜は簡単に飛んできてしまう。

だから沙羅は仕方なく宮廷に戻った。

実のところ、そろそろ限界だとは思っていた。

会うたびに、竜帝の目の下の隈は濃くなり、顔がやつれていった。

政務を片付けて時間を作るのは容易ではなく、店に来るために相当な無理をしていたのだろう。

竜帝の健康を預かっていた元筆頭専属薬師として、自分のせいで竜帝の健康を害している状況を放置してはおけなかった。

そうして戻ってみれば、沙羅の薬師の称号はあっさりと返ってきた。

花嫁は偽りだったのだから妊娠するはずもなく、現筆頭専属薬師が妊娠を支えたわけでもない、ということで、沙羅の責任問題はなかったこととされ、薬師剝奪《はくだつ》の処分は取り消しになったのだ。

今は専属薬師として宮廷の薬室に勤め、白家の宮で家族と暮らしている。

「沙羅！」

声に動きを止めて顔を上げると、高い草の上から竜帝が顔を出していた。

この時間になると竜帝は毎日沙羅に会いにくる。

店に来ていた時と同様、沙羅は適当にあしらっているのだが、竜帝はめげなかった。

見回すと他の薬師はいなかった。休憩を取りに行ったようだ。沙羅は世話に集中しすぎてしまい、こうして取りそびれることが多かった。

「沙羅、そろそろわたしの片割れだとわかってくれないだろうか」

「何度も言っているでしょう？　死にそうになった時にたまたま目の前にいたのが私だったから、そんなふうに思ってしまっているだけです。それは思い込みです。雛《ひな》の刷り込みのようなものです」

「違う」

「介抱したのが鳴伊だったら、今頃同じ言葉を鳴伊に言ってますよ」

「そんなことはない」

「戦場では看病してくれた薬師に恋をするって言うじゃないですか」

「それとは違う」

いつもはこの辺で諦めるのに、この日の竜帝はしぶとかった。

竜帝が一歩近づいて、薬草の世話と調合で荒れた沙羅の手を両手で包み込む。

「沙羅、どうかわたしを信じてくれ」

「私、香瀬兄《かせにい》と結婚するんで無理です」

「その話はなくなっただろう」

「いいえ、延期しただけです」

色々あったせいでまだ結婚はしていないが、かといって婚約の解消もしていないのは事実だった。

「仕事の邪魔なんで放してもらえませんか。これは竜帝さまをお守りするために必要な薬草なんです」

「沙羅が側にいてくれるのが一番の薬だ」

「私、もう二十二になりました。後宮を出てから薬は飲んでいません。その前から薬が偽物だったんですから、もう後宮にはいられないんです」

「沙羅には竜気があるから大丈夫だ。それにわたしと契《ちぎ》れば――」

「嫌だって言ってるでしょう⁉」

沙羅は竜帝の手を勢いよく振り払った。竜帝が泣きそうな顔をしたのを見て、思わず後ろを向く。

「私、花嫁かどうか確かめるために子作りをするなんて絶対に嫌です」

「沙羅」

竜帝が沙羅の両肩を優しくつかみ、前を向かせる。

「信じてもらうためには何でもする。どうしたら信じてくれる？」

「子作り以外の方法を考えて下さい」

沙羅は目をそらした。

その時、はっと竜帝が目を見開いた。

「沙羅、わたしの名前を知っているか？」

突然言われた問いに、沙羅は不思議そうに首を傾《かし》げた。

「ログアディトゥシュサリス？」

長く発音のしにくいその名を、考える素振りも見せずに即答した沙羅に、竜帝が破顔する。

「ああ、そうだ。それがわたしの名だ。沙羅はなぜそれを知っている？」

「なぜって――」

自分の国の皇帝の名前だ。知っているに決まっている。

「誰に聞いた？」

誰だろう。父さん？　母さん？　それともお婆《ばあ》ちゃん？

「覚えていません」

いつの間にか知っていた。聞いた時の記憶はない。

「誰からも聞いていないはずだ。文献にも載っていない」

「文献にも？」

確かに、沙羅が読み漁《あさ》った文献の中には、竜帝の名前についての記述は見当たらなかったように思う。「竜」「黒竜」「皇帝」「竜帝」とは書いてあったが……。

「わたしの名を知る者は下界《ここ》にはいない。わたしが誰にも教えていないのだから」

「じゃあ、なんで私――」

「魂に刻まれた名だからだ。わたしの魂の半分を持っているから知っている」

「そんなわけ――」

本当に？

竜帝さまの名前は私しか知らないの？

沙羅は竜帝の目をじっと見つめた。竜帝が見つめ返してくる。竜帝の両手が沙羅の顔を包んだ。

「わたしの目を怖がらないのも、竜の姿を怖がらないのも沙羅だけだ。わかるだろう？沙羅しかいないのだ」

「そんなの……理由になりません」

沙羅はうわごとのように呟《つぶや》いた。視線は竜帝に絡《から》め取られたままだ。

「沙羅。わたしの魂の片割れ。待ち望んだ花嫁。もうわたしを独りにはしないでおくれ」

竜帝の両腕が沙羅の背に回り、抱き寄せられる。

どくん、と沙羅の心臓が跳ねた。

黒竜の背に乗っている時と同じだ。竜帝の体は温かく、ぎゅっと強く抱き締められているのに、優しく包まれているような感じがした。

花嫁選定の儀を終えて、毎年寂しそうな顔をしていた竜帝を思い出す。

きゅぅぅと胸が締めつけられた。

もうあんな顔は見たくない。

だけど――。

同時に、花嫁が見つかった、と嬉しそうに笑った竜帝の顔も思い出してしまう。そう、ちょうど薬草園《ここ》で言われたのだ。

あの時、沙羅は胸の痛みを押し殺して祝いの言葉を返した。

竜帝と花嫁が寄り添う姿を見続け、それでも想《おも》いを捨てられなかった。

そして一年前、竜帝に娘のようなものだと言われ、やっと想いに蓋《ふた》をしたのだ。竜帝が死にそうになったことであふれた想いも、この一年できれいにしまい直した。

沙羅は竜帝の胸をそっと押した。

「ごめんなさい。私、香瀬兄のことが好きなんです」

これ以上傷つきたくなくて、沙羅は嘘《うそ》をついた。

「ではわたしは、また二百年待つのだな。沙羅の魂が流転《るてん》するまで」

竜帝は沙羅を離すと、泣きそうな顔で言った。

沙羅の胸がずきりと痛んだ。


竜帝が薬草園からいなくなった後、がさりと背後で音がした。

びくりと首をすくめて振り向くと、そこにいたのは、沙羅の従兄《いとこ》であり、婚約者でもある人物だった。

「まさか沙羅が俺を好きだったとはな」

「え、や、あの、それは……」

「わかってるって」

香瀬は沙羅が世話していた薬草に手を伸ばした。若葉を茎《くき》から丁寧に取っていく。

「どこから聞いてたの？」

「竜帝様のことを怖がらないのは沙羅だけ、って辺り」

では名前のくだりは聞いていないのか。

「悪いな、立ち聞きするつもりはなかったんだけど。そろそろお戻りになるかと思って」

「ううん。仕事の邪魔してきたのはあっちだから」

ぷっと香瀬が噴き出した。

「竜帝様を邪魔扱いできるのも沙羅だけだぞ」

「竜帝さまは……父さんみたいなものだから」

そう。竜帝さまにとって、私は娘のようなもの。

香瀬が沙羅の方にちらりと視線を向けた。

「そんな顔して言われてもなぁ……」

「え？　何？　聞こえなかった」

「なんでもない」

香瀬は今度はきちんと沙羅へと向き直った。

「沙羅、そろそろ結婚しようか」

「え!?」

沙羅が驚いて手を止め、勢いよく香瀬を見た。

「驚くことないだろ。俺たちは婚約者なんだから。あれからもう一年たつし、事件も落ち着いた。いい頃合いだと思わないか？　沙羅も二十二だ。立派な嫁ぎ遅れじゃないか」

結婚。

私はこのまま香瀬兄と結婚して、香瀬兄との子どもを産むの？

——もう独りにはしないでおくれ。

竜帝の寂しそうな声を思い出す。

沙羅は香瀬の顔をじっと見つめた。

「香瀬兄は……香瀬兄は、竜帝さまの名前って知ってる？」

急に振られた問いに、香瀬は首を捻《ひね》る。

「竜帝様のお名前？　そういや聞いたことないな。考えもしなかった。そうだよな、竜帝様だってお名前をお持ちだよな」

「そう、香瀬兄は知らないんだ……」

竜帝が沙羅しか知らないと言ったのは、きっと本当なのだ。

つい先ほどの竜帝の顔が目に浮かぶ。寂しそうな、悲しそうな、泣きそうな顔。

もし間違いだったとしても——。

「ごめん。私、香瀬兄とは結婚できない」

沙羅は竜帝の向かった方へと走り出した。

「あーあ。ったく、損な役回りだよなぁ……」

取り残された香瀬が一人ぼやいた。


「竜帝さまっ！」

建物の中に入ろうとした竜帝を、沙羅が呼び止めた。

「沙羅。どうした?」

振り向いた竜帝が嬉しそうに駆け寄ってくる。

「えっと……その……」

沙羅は視線を足元に落とした。

「わたしと添い遂げてくれる気になったのか?」

竜帝が冗談めかして言った。

「まあ……端的に言えばそうです」

沙羅が視線を下に向けたまま肯定した。

竜帝は何も言わなかった。

散々断ったくせに、と怒っただろうか。今さら、と笑われるのだろうか。

「竜帝さま?」

沈黙に耐えられなくなって顔を上げると、竜帝は固まっていた。

「竜帝さま」

「……今のは幻聴だろうか。わたしと契りを結んでくれると言った気がした」

「そこまでは言ってません」

うわごとのような言葉に沙羅が反論すると、はっと竜帝が沙羅を見た。

「わたしの言葉を信じてくれる気になったのか？」

「正直、片割れだというのは信じていません。自覚もありませんし。だけど、竜帝さまが私のことを好きだと言うのなら、まあ……側にいてあげるくらいはいいかな、と」

「沙羅！」

竜帝が感激した声を上げて、沙羅を抱き締めた。

「ああ、沙羅。わたしの魂の片割れ。唯一の花嫁」

沙羅はぐいっと竜帝を押しやった。

「竜帝さま。私は、竜帝さまが私のことを好きだと言うのなら、と言ったんです。片割れだからという理由なら嫌です」

「ああ、そうだな」

竜帝は沙羅の顔に手を添えた。

「沙羅、好きだ。わたしの想いを受け入れておくれ。わたしの花嫁になってほしい」

真剣な顔で言われて、沙羅は顔を赤くした。どきどきと心臓がうるさい。耳まで赤くなっているのが自分でもわかった。

「本当に？」

「本当だ。あの夜までこの気持ちに気がつかなかったのが不思議なくらい、沙羅を深く想っている。沙羅はわたしが幸せにする。わたしと共に生きてほしい」

やっぱりずるい。

突然片割れだなんて言い出して、今さら好きだなんて。

だが、この一年、ずっと沙羅は竜帝を拒み続けてきたのに、竜帝は諦めようとはしなかった。その気持ちだけは本当なのだと信じてもいいのではないか。

沙羅は、沙羅が魂の片割れである、と言う竜帝の言葉を心の底から信じていない。

出会った時から、花嫁を待ちわび、寂しさに耐える竜帝を見てきた。

花嫁が偽物だったとわかった時の衝撃はいかほどだろうか。すぐ側に娘のように可愛《かわい》がってきた沙羅がいたら、錯覚してしまっても無理はない。

竜が魂の片割れを恋《こ》い焦がれる気持ちは、戦場の兵士が薬師を特別に想うような、傷心の娘が慰めてくれた青年に恋をするような、そんな簡単なものではないだろう。

いずれまた、間違いだったと明らかになる。

それは本当の花嫁が現れた時かもしれないし、ただ竜帝が目を覚ました時かもしれない。

それでもいいと思えた。

竜帝が沙羅のことを好いていてくれるのなら。

たとえ錯覚だったとしても、この一時《いっとき》だけでも、沙羅が好きだと心から想ってくれるのなら——。

金色の瞳が沙羅を見つめている。柔らかく細められたその目が、沙羅が愛《いと》しいと訴えていた。

沙羅は急に恥ずかしくなって、ぷいっと顔を横に向けた。

「……仕方ないですね。竜帝さまがそんなに言うなら、花嫁になってあげてもいいですよ」

「沙羅っ！」

「わっ」

竜帝は感極まって沙羅を抱き上げた。そのままくるくるとその場で回る。

「ちょ、ちょっと竜帝さま」

沙羅の慌てた声を聞いて、竜帝は動きを止めた。ぎゅっと沙羅を強く抱き締める。

「沙羅、好きだ。わたしの花嫁。絶対に離さない」

竜帝が少しだけ体を離し、金の瞳が沙羅の目を射抜く。

太陽のように温かく、月のように光り輝く綺麗《きれい》な色――。

ゆっくりと竜帝の顔が近づいてきた。

沙羅は静かに目を閉じた。

唇同士がそっと触れ合う。

ふわりと体が浮き上がるような心地がした。

黒竜の上にいる時のような、温かく柔らかな物に包み込まれているような気持ちになる。

そして、竜帝から沙羅へと何かが注ぎ込まれたような感覚がした。

竜気だ、と沙羅は思った。

それはお腹《なか》の辺りでぐるぐると渦巻き、じんわりと沙羅の体に馴染《なじ》んでいく。

沙羅の胸が高鳴った。

好きな人と口づけを交わしているからだけではない。

これは――これは――。

沙羅はぴたりと体を寄せ合う竜帝の体の中に、瞳の色と同じ、金の光を放つ魂の存在を感じた。

同時に、自分の中にも同じ物があることも。

根拠などない。ただそうであると確信できた。

引かれ合い、惹かれ合う。

その言葉の通りだった。

二つの魂が互いを欲して呼応している。

沙羅には竜帝しかあり得ない。そして、竜帝にも沙羅しかあり得ない。互いに唯一無二の存在なのだ。

体中が歓喜に打ち震えていた。

沙羅の生きた二十年ちょっとの時間を飛び越えて、二百年分の想いが体からあふれてしまいそうだった。

本当に、私が魂の片割れなんだ――。

沙羅の目からぽろりと涙がこぼれた。

それを竜帝が指で優しく拭《ぬぐ》う。

「沙羅、愛している」

沙羅は涙の浮かぶ目で竜帝を軽く睨んだ。

「また間違えた、なんてなしですからね」

「もちろんだ。そんなことは未来永劫《えいごう》起こらない」

「絶対ですよ。約束です」

「約束だ」

二人は互いの魂を確認し合うように、もう一度口づけを交わした。

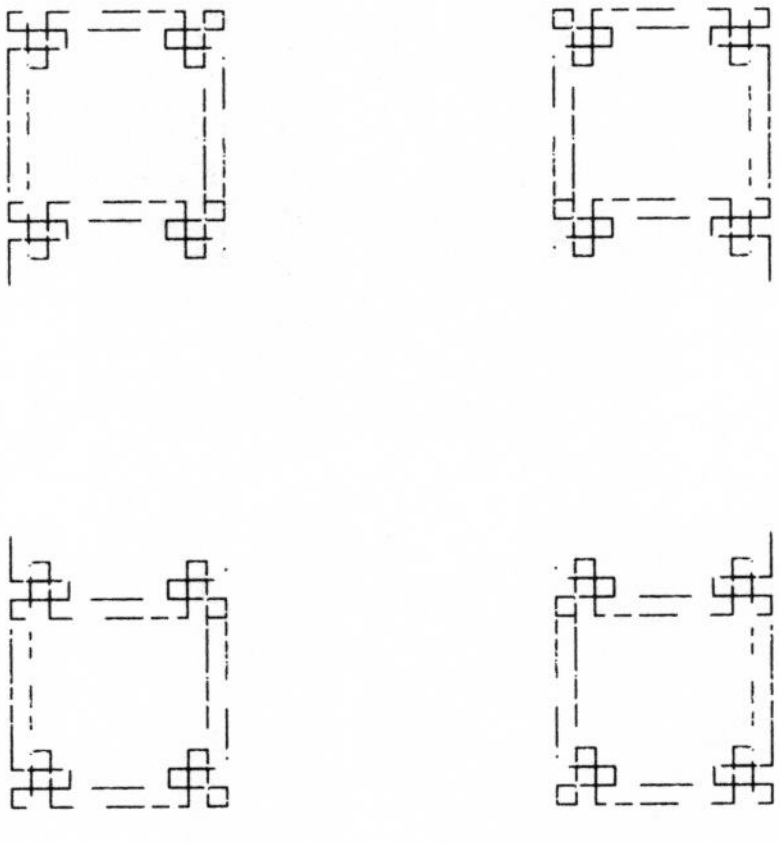

閑話　期待　side 清伽

なかなか戻ってこない竜帝を迎えに行くために、薬草園へと足を進めていた清伽《せいか》は、竜帝と沙羅《さら》が唇を重ねているところに出くわした。

二人とも清伽がすぐ側《そば》にいることに気がついていない。

ようやくか――。

清伽は笑みを浮かべながら長い息を吐いた。


竜帝が延珠《えんじゅ》に刺されて倒れたあの夜、竜帝が意識不明の間に、清伽は事件について調べた。

兵士たちは賊《ぞく》が入りこんだのだと思い、動転する延珠を、付き人の夜起《よき》と共に近くの一室に移していた。

しかし、延珠の部屋を調べても、何者かがいた痕跡はなかった。扉の前は衛兵が守っていたし、窓はしっかりと閉まっている。隅から隅まで捜し、隠れている者がいないことも確認した。

そうなると、犯人は延珠か夜起だということになる。

花嫁が竜帝を害するとは思えなかった。これまでの二人の様子を見れば、延珠が竜帝を深く愛しているのは明白だった。竜帝が傷ついて帰って来るたびにあれほど取り乱していたのだ。まさか、と思うだろう。

竜帝が自分で自分を刺したのだと言う方が、まだ納得がいった。

清伽は延珠と夜起から別々に事情を聞いた。

「何者が……窓から入ってきました……その者はわたくしを襲おうとして……竜帝様が……竜帝様が……わたくしをかばって下さったのです……」

延珠は震える声でそう話した。

「賊は……竜帝様が強く睨《にら》むと……それ以上何もせずに出て行きました……」

清伽は人相や背格好を訊《たず》ねたが、延珠は、黒装束《しょうぞく》を着ていたことしかわからない、と言った。

外部からの侵入の形跡がなかったことはすでに判明していたが、清伽はそれ以上は追及しなかった。

当時隣の控室にいた夜起の方は、侵入には気がつかなかったと証言した。怖くて悲鳴も上げられなかったという延珠の証言と一致している。

「突然延珠様の部屋の扉が開けられる乱暴な音がして、叫び声が聞こえました。何か恐ろしいことが起こったのだと思いました。それで部屋に入ったんです。そうしたら、竜帝様がお倒れになっていて……」

夜起の聞いた乱暴な音と叫び声というのは、沙羅が部屋に入った音と、薬師を呼ぶようにと上げた声だろう。矛盾はない。

「花嫁様が竜帝様を害した証拠は押さえました。あの竜殺石《りゅうさっせき》の出どころは果氷国《かひょうこく》であることも。黙っているのは得策ではありませんよ」

清伽はかまをかけた。

「どういうことですか？　延珠様が竜帝様を刺したんですか？」

夜起は驚いた顔をした。演技のようには見えない。

「……話したくないのであればそれも結構。竜帝様がもうすぐ意識を取り戻されるでしょう。そうすれば誰が犯人なのか判明します。もしも本当に花嫁様が犯人だった場合……気の毒ですが、あなたも関わっていたとして死罪になります」

全く申し訳なさそうに見えない表情で清伽は言った。

「どうしてですか⁉　私は何もしていません！」

「付き人とはそういうものです。花嫁様を重罪にすることはできませんから、あなたが全ての罪を被《かぶ》ることになるでしょう」

「そんな……！」

嘘《うそ》だ。証拠もないのに罰するわけがない。民を守らんとする竜帝がそれを許すはずがないのだ。少し考えればわかることだが、清伽はその隙を与えなかった。

「もしも全てを自供するのなら、減刑も考慮します。実際に害したのはあなたではありませんから」

清伽が慣れない笑顔を作ると、夜起はあっさりと落ちた。

延珠が果氷国の刺客であること。竜涎香《りゅうぜんこう》を使って竜帝に花嫁だと思わせたこと。花嫁選定の儀に遅刻してきたのは、近くで香りを嗅《か》がせるためだったこと。竜帝の治療をする沙羅が邪魔で薬をすり替えたこと。政策に口を出して国力を弱体化させようとしたこと。延珠がなかなか竜帝を殺さないので、跡継ぎを次代の皇帝とする方針に切り替わったこと。延珠の腹の子は竜帝の子ではないこと。

「私がやったのは、果氷国の連絡員とのやりとり、筆頭専属薬師の薬のすり替え、それと延珠様を妊娠させたことだけです」

洗いざらいとはこのことだろう。夜起は全てを吐いた。

どれもこれもが信じがたいことばかりだったが、調査すればわかる。

清伽はいったん取り調べを終え、いまだ意識のない竜帝の元へと戻った。

自室に寝かされた竜帝は、脂汗を浮かべ、苦悶《くもん》の表情をしていた。

その前でつい先ほど正式に筆頭専属薬師となった鳴伊《めい》が青い顔をしていた。他の白《はく》家の者もいた。時折傷の具合を確かめ、薬を塗り直したり包帯を取り換えたりしているが、それ以上のことはできないようだった。

しばらくして、竜帝が唸《うな》り声を上げたと思うと、顔をしかめながら目を開けた。

「竜帝様っ！」

周りにいた者たちが一斉に声を上げる。

「竜帝様。気がつかれましたか」

「わたしは一体……」

「竜殺石で刺されたのでございます。霊薬と毒消しを使いましたが、毒が残っていてなかなか血が止まりません」

白家の一人が説明すると、竜帝の眉間《みけん》のしわが深くなった。

清伽は本当に延珠が刺したのか早く聞きたかったが、竜帝の体調が優先だ。回復してからゆっくり聞けばいい。回復しない可能性など考えもしなかった。

と、竜帝がぼんやりと周りを見回した。

「沙羅は？」

口をついて出てきたのは、延珠ではなく沙羅の名前だった。

「苦しむ竜帝様を見ていられない、と言って出て行きました。筆頭専属薬師はここに」

鳴伊が前へと押し出されたが、竜帝はちらりと目を向けただけだった。

「いい。沙羅を呼んでくれ」

女官長が竜帝の命に応え、女官が沙羅を捜しに行った。

だが、もたらされたのは、見当たらない、という言葉だった。後宮は広い。見つからないだけだろうと清伽は思ったが、沙羅の父親が何かを思いついたように、はっと目を見開いた。

「まさか――」

その声に竜帝も目を見開く。かと思うと、がばりと上体を起こした。

「いけません。安静にしていただかないと……！」

清伽たちは慌てて竜帝を押さえた。じわりと包帯に血が広がる。

「触るな。わたしのことはいいから沙羅を捜せ！」

「そういうわけには参りません」

「沙羅は私どもが捜します。ですからどうか安静になさって下さい」

「うるさい。そこを退《の》け。命令だ！」

竜帝がぴしゃりと言ったのと同時に、重たい空気がぶわりと広がり、清伽たちはそれに押されるようにして後ずさった。竜気だ。ちりちりと皮膚《ひふ》が痛み、耳鳴りと頭痛がして吐き気がこみ上げてくる。誰かが、うっと嗚咽《おえつ》を漏らした。

「竜帝様、何をなさるおつもりですか。どうかお戻り下さい。傷は浅くはないのです」

竜帝は押し留《とど》めようとする臣下たちを竜気の圧でもって制し、部屋を出た。

竜帝が自ら沙羅を捜す必要などない。総出で捜せばすぐに見つかるだろう。竜帝が意識を取り戻したと知れば沙羅だって出てくるはずだ。

そう思ったのだが、竜帝の足は止まらず、大雨が降りしきる中庭へと降りていった。

そこでようやく清伽は竜帝が何をしようとしているのか気がついた。

「お止《や》め下さい！　沙羅はどこかにおります。お戻り下さい！」

「竜帝様、お止め下さい！」

竜気が弱まった隙に清伽は竜帝を取り押さえようとしたが、間に合わなかった。その場に黒竜が現れたかと思うと、清伽の顔をばさりと黒い翼が打った。

竜帝が飛び立ってしまい、追いかけて来ていた者たちは、どうしたらいいものやらと茫《ぼう》然《ぜん》とした。

厩《うまや》の馬が一頭いなくなっていると女官長から聞いたのはその後で、沙羅は霊薬の材料を採りに行ったのだ、と清伽は悟った。竜帝は沙羅を迎えに行ったのだ、とも。

念のため、清伽は沙羅を捜すようにと指示を出した。深く考えすぎているだけで、沙羅は後宮にいるのかもしれないからだ。

その可能性の方が高かった。雨は止《や》んできていたが、先ほどまでは土砂降りだった。

そんな中、馬で崖に向かい、切立花《きりたちばな》を採取するなんて、無茶《むちゃ》を通り越して無謀でしかない。


結局沙羅は見つからないまま、清伽が祈るような思いで竜帝の帰りを待っていると、叫び声が上がった。

「竜帝様だ！」

「竜帝様がお戻りになったぞ！」

その背には沙羅が乗っていた。竜帝の推測は正しかったのだ。

沙羅を降ろした竜帝は、寝台へと促《うなが》す清伽に、沙羅の怪我《けが》の手当てを先にするように言った。そして、沙羅の作った薬以外を使うな、とも。自分の体を支えきれずによろめきながら。

霊薬を作りに薬室へと向かった沙羅の姿が見えなくなると、竜帝は力尽きたように倒れた。最悪の事態かと血の気が引いたが、か細い息はまだあった。

急いで私室へと運び、霊薬の到着を待った。白家の者が確認した竜帝の傷は、霊薬をもってしても助からないのではないかと思えるほどに悪化していた。待つことしかできない自分が歯がゆい。

あのまま大人しくしていれば治ったかもしれないのに、なぜこんな無茶なことをしたのか。

竜帝が沙羅を特別可愛《かわい》がっていたのはわかっていたが、生死に関わる傷をおしてまで行く必要があったのか。

清伽は淡い期待を抱いた。もしかしたら沙羅が魂の片割れなのではないかと。

そう考えると、目を覚まして一番に沙羅の名前を呼んだことも、無理をして迎えに行ったことも合点がいく。

だがすぐに、いいや、と首を振る。沙羅が十六になってからもう何年もたつ。今さら沙羅が花嫁だと判明するようなことはないだろう。

竜帝が調査の結果を聞きたいと言ったので、女官など話を聞かせられない人物をいったん部屋から出し、全てを話した。犯人が延珠だということも竜帝から聞いた。

竜帝は清伽から竜涎香のことを聞くと長くため息をついた。

白家の者たちは唖然《あぜん》としていた。誰かが、実在していたとは、という声を漏らした。

清伽は夜起の話で初めて知ったが、さすがは白家、竜涎香を知っていたらしい。架空の物だと思っていたようだが。

竜帝は最後に、わかった、とだけ言って目をつぶった。清伽たちは動揺したが、胸は規則正しく動いていた。

ちょうどそこへ、待望の霊薬が届く。

「竜帝さま、お薬ができました」

「沙羅……」

竜帝がわずかに目を開く。

沙羅は父親に負《お》ぶわれて竜帝の傍《かたわ》らに行き、傷を見て顔をしかめた後、できたばかりの霊薬を丁寧に塗った。

すると、竜帝は沙羅に話があると言い、清伽たちに下がるように言った。

「それは承服しかねます」

いても清伽にできることがないのはわかっていたが、息も絶え絶《だ》えな竜帝から離れるわけにはいかなかった。

「そうか」

その言葉を聞いて、清伽はほっとした。わかってくれたのだと思った。

しかしなんと竜帝は、清伽たちが出て行かないなら自分が出て行く、と言って体を起こし、寝台を下りようとした。そんなことができる状態ではないというのに。

これには清伽も折れるしかなかった。

最期《さいご》を悟っての行動なのかもしれない、と絶望した。

それと同時に、やはり沙羅が花嫁なのではないか、との希望も持った。

沙羅に後を任せ、どうかご無事で、と強く願いながら部屋を出た。

果たして、清伽の願いは叶《かな》えられた。

竜帝は持ち直したのだ。

沙羅に呼ばれて部屋に戻ってみると、顔色はずっと良くなり、体を起こすことこそできないものの、話はしっかりとできるようになっていた。

沙羅は、自分の役目はここで終わり、とばかりに、鳴伊と香瀬《かせ》に後を託してどこかへ行ってしまった。

竜帝は沙羅とどんな話をしたのかは言わなかった。


その翌日、沙羅は宮廷を出て帝都に移ってしまった。薬師の称号を失ったのだから何らおかしなことではない。

沙羅が出て行ったのだと知った竜帝はひどく取り乱し、今から連れ戻しに行くと言って寝台から下りようとした。

それを止めたのは鳴伊だ。

「竜帝様がこれ以上ご無理をなさいますと、沙羅姉様が怒るのではないでしょうか」

その一言で竜帝は大人しくなった。

「なぜそれほどまでに沙羅様を気になさるのです？」

「沙羅は、わたしの魂の片割れなのだ」

「まさか」

「本当だ。今は沙羅の居場所がはっきりとわかる。竜気を感じるのだ」

「ですが――」

「薬でございますね」

反論しようとした清伽を遮ったのは鳴伊だった。

「竜帝様の竜気の影響を抑える薬が、沙羅姉様の竜気も抑えていたのでしょう。それがすり替えられたことによって、竜帝様が感じられるようになったのだと思われます」

「そうだ。そして毒消しが香の効果も打ち消したのだろう。沙羅が宮廷にいないと知った途端、自分の一部が遠くに離れてしまっているような感覚がした。それが沙羅の竜気だった。だから迎えに行くことができたのだ。幼い頃迷子になった沙羅を毎回見つけられたのも、竜気が微《かす》かにあったからだ」

「姉様が竜帝様を恐れない理由も――」

「ああ。そういう性質なのだと思っていたが、片割れなのであれば当然だ。こんなに近くにいたのに、今の今まで気がつかなかった。いや、近くにいたからこそ、沙羅の竜気をわたし自身の竜気と混同していたのだろうな」

竜帝が目を伏せた。

まさか——本当に？

沙羅が花嫁なのだと言われてみれば、腑《ふ》に落ちることはたくさんあった。

竜帝と鳴伊が言及したこともそうだが、花嫁が見つかったと最初に沙羅に伝えに行ったのも、喜びを分かち合いたいという気持ちが働いたのだろう。報告した相手こそが本物の魂の片割れだったわけだが。

そういえば、と清伽は思う。延珠が竜帝の目を真《ま》っ直《す》ぐに見つめたところを見たことがない。いつも目を伏せていた。あれは淑《しと》やかさではなく、直視できなかったのかもしれない。

それに、竜帝が延珠の名前を呼んだこともなかったのではないか。いつも片割れと呼んでいた。竜帝は沙羅以外の人物の名を呼ばない。

「今すぐ迎えに行きたいが、筆頭薬師の言う通り、癒《い》えてからでないと沙羅はいい顔をしないだろう。傷が塞《ふさ》がるまでは待つ」

そう言った竜帝だったが、数日して完治すると、今度は沙羅に拒まれたらどうしようと言い出した。すでに一度拒まれたことが尾を引いているようだ。

情けなくも怖《お》じ気《け》づいてしまった竜帝は、自ら会いに行くことができなくなり、手紙で沙羅に戻ってくるように何度も伝えることになった。だが、沙羅は返事の一つもよこさなかった。

そしてようやく一年後、耐えきれなくなった竜帝が沙羅に会いに行ったのだが——。

「とっとと帰って下さい」

——ここでも沙羅に素っ気なくあしらわれた。

曲がりなりにも一国の皇帝がである。

「また来る」

「来なくていいです」

「また来る」

最初は世界の終わりでも来たかのように落ち込んでいた竜帝だったが、何度も通ううちに精神が鍛《きた》えられ、沙羅に会えるだけで嬉《うれ》しい、といった様相に変わってきた。

数日おきに竜帝が沙羅の元へ通う日々が続くと、沙羅はふらりと宮廷へと戻ってきた。

店の主人に涙ながらに訴えられたのだという。ご愁傷様《しゅうしょうさま》ですとしか言えない。

近くに沙羅がいることに竜帝は喜び、毎日薬草園へ赴《おもむ》いて、沙羅を口説いていた。

時間の問題かと思われたが、意外に沙羅は手強《てごわ》かった。

沙羅が竜帝を拒んだ直後に鳴伊が聞き出したところによると、沙羅が魂の片割れだとわかった途端にそれまでの態度を豹変《ひょうへん》させたのが、納得いかなかったらしい。

そりゃそうだ、と清伽をはじめとした上級官吏《かんり》や白家の者たちは思った。

一年半も延珠との仲を見せつけられていたのである。竜涎香のせいで間違えたと言われても、俄《にわか》に信じられるものではない。

清伽たちも半信半疑だった。一度裏切られている。過度な期待をするのはよそう、と互いに言い合った。本当に沙羅が花嫁であるならば、惹《ひ》かれ合う二人はそのうちまとまるだろうから。


まさかこんなに時間がかかるとは思っていなかったが。

清伽は口づけたまま一向に離れる気配のない二人を見つめた。

つまりはようやく沙羅は竜帝の想《おも》いを受け入れたのだろう。

邪魔をするのは申し訳ないものの、竜帝が来ないと朝議が始められない。やっと長年の――二百年の想いを遂げたところなのだが、これから二人の時間はいくらでもとれる。

さらに少し待ったのち、ついに清伽は二人に呼びかけた。

「そろそろよろしいでしょうか」

「朴冢宰《ぼくちょうさい》⁉」

ぱっと沙羅が竜帝から離れる。その顔はみるみるうちに赤くなっていった。

「……少しは空気を読め」

「読んでお待ちしていましたが、思ったよりも長かったので」

長かった、という言葉に沙羅が絶句する。ますます顔が赤くなった。

言い方が良くなかったか、と清伽は内心で反省したが、それが澄ました顔に表れることはない。

「沙羅、残念だが朝議がある。夕餉《ゆうげ》を一緒にとろう」

「あ、いえ、はい」

竜帝の申し出に、沙羅はどちらともとれる返事をした。

延珠の時のように、朝議には出ないと言うかもしれないとも思ったが、あっさりと竜帝は沙羅を手放した。政務を放り投げると沙羅が怒るとでも思ったのかもしれない。

沙羅が本物の魂の片割れなのかは、子が出来てみなければわからない。

だが少なくとも、竜涎香などという紛《まが》い物に騙《だま》された偽りの感情とは違う。

「手配はこちらでしておきますので」

清伽は沙羅に告げ、今度こそ、と期待して、建物へと入る竜帝の後を追った。

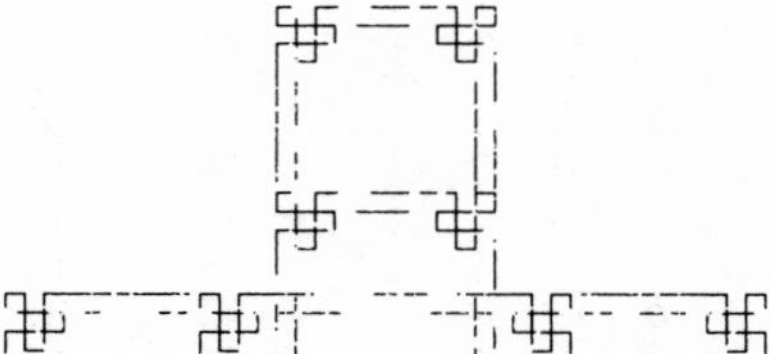

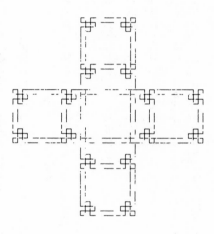

第7章

二人の初夜

「部屋に戻りますね」

ある夜、政務を終えた竜帝をその私室で迎え、一緒にお茶を飲んだ沙羅《さら》は長椅子《ながいす》から立ち上がった。

向かいの椅子に座っていた竜帝が歩み寄り、沙羅の髪を一筋取って口づけを落とす。

「沙羅、そろそろわたしに応《こた》えてくれないだろうか」

「応えてるじゃないですか」

沙羅はきょとんとした顔で言った。竜帝の想《おも》いを受け入れ、魂の片割れとして、こうして毎晩共に過ごしているし、時々口づけもしている。

昼間は互いに仕事があるから別々に過ごしているが、まさか誰かさんの時のように一日中一緒にいたいというわけではあるまい。

竜帝が沙羅を抱き寄せた。顔に手を添えて、真剣な顔で口を開く。

「そうではない。沙羅と一夜を共にしたいのだ」

色気たっぷりに言われた言葉を沙羅は一蹴《いっしゅう》した。

「嫌です」

「なぜだ」

「初夜は結婚してからするものです」

「竜は子が生まれてから結婚する」

竜帝が眉を下げた。

「人間は結婚してから初夜を迎えるんです」

沙羅、と竜帝がささやく。

「沙羅はまだわたしの言葉を疑っているだろう？」

「だからもう疑ってはないですって。口づけをした時にわかりました。竜帝さまも感じたって言ってたでしょう？　私は確かに竜帝さまの魂を持っています」

ていうか、口づけでわかるなら、あんなに悩まなくてよかったのに……と沙羅は呟《つぶや》いたが、それは竜帝の耳には届いていなかった。

「疑っている者もいる」

「他人《ひと》の言葉なんていいじゃないですか。私たちの問題なんですから」

白《はく》家から早く子を作れとせっつかれているが、冗談ではない、と思っていた。こういうことは二人で決めるものだ。人にとやかく言われてするものじゃない。

延珠《えんじゅ》との子が出来ないのを心配していた過去の自分は棚に上げる。

「沙羅がわたしの魂の片割れであることを証明したい」

竜帝は熱っぽい視線を向けた。

が、沙羅はその言い方に引っ掛かった。

「竜帝さまは、私のことが好きだからじゃなくて、自分の言葉を他人に信じさせたいからしたいんですね」

竜帝を半眼で睨《にら》む。

「違うっ！　決してそんなことは……！」

竜帝が慌てて否定するが、沙羅は竜帝の腕の中から抜け出し、部屋の扉へと向かった。

「しばらく会いたくありません」

「沙羅っ」

駆け寄る竜帝を置いて、沙羅は部屋を出て行った。


「信っじられない！　配慮の欠片《かけら》もないんだから！」

沙羅はぶちぶちと目の前の薬草の花を乱暴に採っていた。

「竜帝様は他の方の所にも通っていらっしゃらないんだろ？　察して差し上げろよ。好きな女と寝る前まで一緒にいるのに何もないっての、結構お辛《つら》いと思うぞ」

なだめたのは香瀬《かせ》である。

薬草を採りに来ただけなのに、なぜか沙羅の愚痴《ぐち》を聞かされていた。

「通えばいいじゃないっ！」

「そんなこと思ってないくせに……」

もし竜帝が一度でも他の妃嬪《ひひん》の元に通ったら最後、沙羅は竜帝を見限って再び宮廷を出て行ってしまうだろう。

「お前、本当に魂の片割れなんだろ？　爺《じい》さんたち、竜帝様の御子《おこ》が産まれるのを楽しみにしてるぞ。冥土《めいど》の土産《みやげ》に作ってやれよ」

「香瀬兄《にい》までそういうこと言う⁉」

沙羅は隣にあった薬草を根元から引っこ抜いた。

怒りのあまり思わず、ではない。根が必要な薬なのだ。

「私の体は道具じゃない！」

「いや、この前までこっち側だったろ……」

当事者になった途端に考えを変えてしまった沙羅に、香瀬は呆《あき》れた。

「こういうのは段階を踏むものなの！　私たちまだデートもしてないのに！」

「乙女《おとめ》かよ」

「女の子はいつまでたっても乙女なの！」

沙羅はもうすぐ二十三歳になる。子どもが三人いてもおかしくない歳《とし》だ。

竜帝に求められたのなら、頬を染めて応じるのが普通ではないだろうか。

沙羅を選ぶなんて竜帝様も物好きだな、と香瀬は思った。

香瀬も人のことは言えないのだが。

「沙羅、帝都に出ないか?」

しばらく本当に竜帝の前に姿を現さず、数日後にようやく朝餉《あさげ》に来た沙羅に、竜帝はにこにことした顔で告げた。

「誰に聞いたんです?」

沙羅は突然出掛けようと言い出したことを不審に思った。

「だ、誰にも聞いていない。ただ沙羅と帝都に行きたくなったのだ」

苦しい言い訳だ。

大方、香瀬から鳴伊《めい》を経由して竜帝に伝わったのだろう。

「嫌です」

「なぜだ」

「竜帝さまは目立つからです。行けばみな平伏するでしょう。隣に立つ私の身にもなって下さい」

店に竜帝が来た時のことを思い出して沙羅は言った。

「沙羅はわたしの花嫁なのだから仕方がないだろう……」

要は皇帝の許嫁《いいなずけ》である。かしずかれて当然の身分だ。

であるならば、宮廷内でも相応の扱いをされてもよいと思うのだが、それは依然と変わらなかった。沙羅は専属薬師以上でも以下でもない。女官や他の妃嬪の態度も相変わらず冷たいままだ。

「とにかく嫌です。行きたいならお一人でどうぞ」

「沙羅がいなければ意味がない……」

竜帝がしょんぼりと眉を下げた。

非常に情けない顔だが、こんな顔をするのは沙羅の前だけなので、少しだけ沙羅の機嫌が良くなった。

「じゃあ……、竜帝さまのお背中に乗せて下さい」

「もちろんだっ！」

ぱっと弾《はじ》けるように竜帝が笑顔になった。

「今すぐに行こう！」

「いや、まだ食事中です。それにこれからお仕事じゃないですか。私も仕事ありますから今は無理です」

沙羅は張り切る竜帝を制止して、翌日の朝早くに出掛ける約束をした。

空がわずかに白み始める頃、沙羅は後宮の中庭にいた。朝の薬草の世話は他の薬師に頼んできた。

竜帝が黒竜に変じると、そこに梯子《はしご》が掛けられる。

「失礼しまーす」

立礼もせずに沙羅は梯子を上った。筆頭専属薬師だった頃は人前では一応取り繕っていたが、今や沙羅は花嫁なのである。他者からの扱いは変わらなくとも、そのくらいは強気でいてもいいだろう。

「落ちるなよ」

「落とさないで下さいね」

沙羅が背に乗ったところで黒竜がお決まりの台詞《せりふ》を言うと、ふわりと柔らかい空気に包まれ、黒竜がばさりと翼を羽ばたかせた。

懐かしい、と沙羅は思った。

沙羅が決死の思いで切立花《きりたちばな》を採りに行ったあの夜、迎えに来てもらって以来だ。

竜帝に抱き締められた時や口づけをした時の感覚に似ているが、それとは少しだけ違う。護《まも》られているという絶対的な安心感があった。

遠くの山々の縁《ふち》から光が染《し》み出してくる。その上の夜との境界には紫色の雲が浮かんでいて、次第に桃色に染まっていく。視界の下に広がる建物は光を受けて影を長く伸ばし、街が目を覚ましていく。

「綺麗《きれい》……」

目の前に広がる風景は美しく、初めて空を飛んだ時よりも強く沙羅の胸を打った。

「竜帝さまはこの景色を守り続けてきたんですね」

「ああ。それもじきに終わる」

「えっ？　どういう意味ですか？」

「沙羅が見つかったからな。わたしがこの国を守ってきたのは、沙羅と出会うためだ」

かつて皇帝と交わした約束。それは国を守る代わりにいつか花嫁を貰《もら》うというものだった。

「じゃあ、竜帝さまは竜帝さまを辞めちゃうんですか？」

「そうだな。ただの竜に戻る。沙羅は竜帝ではないわたしは嫌か？」

「嫌ではないですけど……」

竜帝はずっと竜帝だったから、竜帝でない竜帝を想像することができない。

「竜帝さまを辞めた後はどうするんですか？」

「天界に帰ろうと思っている。下界《ここ》にいてもやることはないからな」

「そうですか……寂しくなりますね」

沙羅がそう言うと、突然がくりと黒竜の体が傾いた。すぐに持ち直し、当然沙羅が危険にさらされるようなことはなく、沙羅が不安に思うこともなかった。

「沙羅……沙羅は一緒には来てくれないのか……？」

「え？　私も行くんですか？　天界に？」

「当たり前だろう。沙羅はわたしの花嫁なのだぞ。離れる気は毛頭ない」

「私は行きませんけど」

「なぜだ⁉」

「だって私は専属薬師ですし。天界って竜しかいないんですよね。私飛べないから不便そう。家族とも離れたくないです」

「……ならわたしもここに残る」

不承不承《ふしょうぶしょう》といった様子で黒竜は言った。

「そうですか。でも残って何するんです？　てか、竜帝さまって竜帝さま以外に何ができるんですか？」

「一通りのことはできると思うが」

「それはお仕事としてできるって意味ですか？」

「それはわからぬ。やったことがないからな」

「えぇー……それって、無職になるかもってことですか？　――あ！　竜の宅配便とかどうです？　どこへでも最速で届けます、みたいな」

沙羅は、名案だ、とばかりに両手を叩《たた》いた。

「……」

「竜帝さま？」

「…………しばらくは竜帝でいようと思う」

長い沈黙の後に返ってきたのは、そんな答えだった。

「そうですか」

沙羅は、絶対需要があるのに、と呟いた。

「遊びに行くだけなら行ってみたいです、天界。どんな所なんですか？」

「下界《ここ》と大差はない。竜がいるというだけのことだ」

「そうなんですか。それでも行ってみたいです。竜帝さまの育った場所なんですよね。家族にも会ってみたい……っていうか、竜帝さまって家族いるんですか？　兄弟とか」

「両親と弟がいる」

「弟！」

うちと一緒だ、と沙羅は思った。きっと竜帝は兄馬鹿《あにばか》なのだろうとも。

「二百年も離れていてよかったんですか？」

「そう長い時間ではない。十年前に一度帰っているしな」

「いつの間に」

沙羅は驚きの声を上げたが、長い時間ではない、という黒竜の言葉に複雑な思いを抱《いだ》いた。

花嫁を待ち続けている竜帝を見てきたし、また二百年も待つのか、と言った顔は本当に苦しそうだった。竜帝にとって、二百年という歳月は十分に長い時間だったのだ。

それと同時に、竜の寿命の長さをまざまざと見せつけられたようだった。二百年。人間の寿命を優に超える時間を、長くはない、とも言えるだけの寿命を持っている。

竜帝と契《ちぎ》れば、沙羅も同じだけの寿命を持つことになる。当たり前に家族は沙羅よりも先に死に、その子孫も看取《みと》ることになるのだろう。

沙羅は急に怖くなった。

初夜を迎えるのは、単に子どもを作る、そして沙羅が正真正銘の竜帝の花嫁であることを証明する、というだけのことではないのだ。

だがそれと同時に、竜帝と生を同じくして添い遂げられることに深い喜びも感じていた。もし沙羅が契りを結ばなければ、魂はまた流転するだろう。そして竜帝は二百年――それよりも短いか長いかもしれないが――待ち続けた後、沙羅とは違う誰かを好きになるのだ。

そんなのは嫌だ、と思った。他の誰かに譲るのは絶対に嫌だ。

沙羅は上体を前へ倒して、ぺたりと黒竜の体に寄り添った。首の根元に頬をつける。

「竜帝さま、竜気ってもっと出せますか？」

「出せるが、沙羅の負担になるだろう」

沙羅はもう薬を飲んでいない。竜気には耐えられない歳になっているから、夜は後宮では過ごさずに宮廷の白家の宮に戻る。

「大丈夫です。私、竜帝さまの魂の片割れですから。辛かったら言います」

ふわっと温かい感覚が強くなった。沙羅を幾重《いくえ》にも包み込む。それは沙羅の体温と馴染《なじ》んで、自分の体の境界線がわからなくなりそうだった。

毒にすらなり得るそれが心地よいと感じるのは、沙羅が竜帝の魂を持ち、竜帝が持つ残りの半分を切望しているからなのだろう。

沙羅の目から涙がこぼれた。

途端、温かかった竜気が霧散する。沙羅を護る最低限の竜気だけが残った。

「沙羅っ、すまない、出しすぎた。辛いか？」

黒竜が慌てた声を出す。

「いいえ……違うんです……何だか嬉しくて」

沙羅は目元を拭《ぬぐ》って黒竜に頬をすり寄せた。

「竜帝さま、私のこと、好きですか？」

「ああ。好きだ。愛しているよ、沙羅」

「私が香瀬兄と結婚していたらどうしました？」

「祝言《しゅうげん》の前にさらうつもりでいた」

「……また二百年待つって言ってたじゃないですか」

「最愛の片割れが目の前で他の男に奪われるのを黙って見ていられるほど、わたしは無欲ではない」

「私の気持ちは無視ですか」

「沙羅に何と言われようが、いくら詰《なじ》られようが、わたしは沙羅を諦《あきら》めきれない。他の男の手の届かない所に閉じこめてでも、沙羅をわたしのものにしただろう」

予想以上の執着に、沙羅は絶句した。

「……よかったですね、私が竜帝さまのことを好きで」

「ああ。本当に。沙羅がわたしを好いてくれていて嬉しい。ありがとう、沙羅。私の可愛《かわい》い花嫁」

黒竜は喜びのあまりか、ぐるると喉《のど》を鳴らした。その振動が沙羅の体に伝わってくる。竜気が少しだけ濃くなった。

「この体は不便だな。沙羅を抱き締められない」

「こっちが本当の姿なのに」

「わたしは沙羅と寄り添える方がいい」

「私はどちらの竜帝さまも好きですよ」

またぐるると喉が鳴った。

「そろそろ帰らねばな」

太陽は完全にその姿を山の上に現し、辺りは明るくなっていた。

見渡す限りの全てが陽光にきらきらと輝いている。

「また乗せて下さいね」

「もちろんだ。沙羅が望むなら」

沙羅は黒竜の鱗《うろこ》に口づけを落とした。

「竜帝さま、私、今夜一緒にいてあげてもいいですよ」

ささやくように言うと、がくりと黒竜が再び体勢を崩した。


「ほほほほ本当に、いいのだな!?」

「いいって言ってるじゃないですか」

「本当だな!?」

「はい」

「沙羅の体が変わってしまうのだぞ?」

「何度も聞きました」

「わたしと生を同じくしてくれるのだな？」

「だからそうですって」

竜帝の私室にて、寝台の上、竜帝の最後の確認は延々と続いていた。

「竜帝さま、早くしないと竜気の毒で私が辛くなってしまうかもしれません」

「む。それはいかん。だがな、こういうことはちゃんと確認をだな……」

「じゃあ今日のところはやめときますか」

いい加減問答が面倒になってきた沙羅は、部屋に戻ろうかな、と思い始めていた。

「次いつ私がその気になるかはわかり――」

「それは困るっ！」

竜帝は沙羅の両肩に手を置いて、食い気味に言った。

沙羅がじっとその綺麗な顔を見つめると、顔を赤くした竜帝が、さっと目をそらした。

普通逆だろう、と沙羅は心の中で突っ込んだ。腹を括《くく》った沙羅は強く、二人の立場は逆転していた。

沙羅は耳まで赤くなっている竜帝の首に抱きついた。

「ログアディトゥシュサリス」

耳元でそっと竜帝の名前を呼ぶ。びくりと竜帝が体を硬直させた。

「私、愛されたいの」

思わず、といったように、竜帝が沙羅を強く抱き締めた。

優しく沙羅を寝台へと倒す。沙羅を見つめる目には熱がこもっていた。

「沙羅、愛している」

口づけが沙羅の唇に落ちた。


「沙羅、辛くなかったか」

汗にまみれた沙羅の額に張り付いた前髪を、竜帝が優しくよける。

「ん……大丈夫」

かすれた声で沙羅が返す。

竜帝の精を受けた沙羅は、これ以上ないほどに満たされていた。竜帝を受け入れた時の幸福感。魂の混じり合う充足感。そのまま一つに溶け合ってしまいそうだった。

初めて口づけを交わした時とは違い、今は竜帝との強い結びつきを感じる。

「これで沙羅はわたしのものだ」

「竜帝さまも私のものですよ」

沙羅の頬に手を添えた竜帝の顔に、沙羅も手を添える。

その言葉に竜帝が目を細め、沙羅の手を取って手の平に口づけた。

「沙羅、愛している。これからもずっと」

「私も愛しています」


沙羅には、花嫁として初夜を迎えたことを報告する義務がある。延珠の時も聞き取りがあったのだ。白家の一員がまさか言わないわけにはいかない。

だから次の日、沙羅は誰に何と言えばいいものかと恥ずかしさに打ち震えていた。昨日の夜に竜帝さまと契りました、とでも言えというのか。

沙羅は早朝のまだ暗いうちに竜帝の私室から白家の宮に戻った。衛兵には沙羅が竜帝と一夜を共にしたことはわかってしまうが、肌を重ねたとは限らないし、憶測を交えた報告をするような者は竜帝の部屋の警備を任されない。

というわけで、何食わぬ顔で薬草園で薬草の世話をしてから、朝餉のために竜帝の部屋に戻ってきた。

そして、竜帝の食後の薬を運んで来た筆頭専属薬師の鳴伊が、いつものように体調を聞いてきた。

「お体の具合はいかがでございますか」

「今日は調子がいい」

心なしか沙羅にも肌がツヤツヤしているように見えた。いや、竜帝はいつでもつるつるツヤツヤなお肌なのだが。

「沙羅姉様はいかがですか？」

「いつも通りだよ」

一応花嫁ということで、沙羅の健康も鳴伊が管理している。以前不調な時に勝手に薬を調合して飲んだら、鳴伊に怒られた。

「今日、沙羅は体が辛いだろうから、仕事を休むといい」

「平気です」

竜帝が優しくしてくれたお蔭《かげ》なのか、魂の片割れとして体の相性がいいのかは知らないが、沙羅の体にほとんど負担はかかっていなかった。

「何かあったのですか？」

鳴伊が沙羅を案じて眉をひそめた。

「昨夜、ついに沙羅がわたしを受け入れてくれたのだ」

「な……！」

竜帝がそれはそれは嬉しそうに宣言し、沙羅は絶句した。

鳴伊が目を見開き、沙羅を見て、竜帝を見て、また沙羅を見る。

「それは重畳《ちょうじょう》。おめでとうございます」

鳴伊が叩頭《こうとう》した。

「姉様はどうぞ休養を取って下さい。宮廷の専属薬師には私から伝えておきます」

「ちょ、鳴伊、大丈夫。大丈夫だから……！」

やめて言わないで、とは立場上言えず、鳴伊は部屋を辞してしまった。

あああああ……と両手で顔を覆う沙羅。

その様子を見て竜帝が首を傾《かし》げた。

「何を恥ずかしがっている。筆頭薬師が言うように、めでたいことではないか」

したことを知られて恥ずかしがらない女性がいるものか！　特に家族に知られるのは嫌だ……！

そう叫びたかった沙羅だったが、言っても詮無《せんな》いことなので口をつぐんだ。

これからするたびに知られるのかと思うと憂鬱《ゆううつ》になる。初夜を迎えるに当たって、このことは全く考えていなかった。

思い当たっていれば考え直したのに……！

沙羅はやり場のない恥ずかしさを竜帝にぶつけることにした。

すなわち、竜帝の夜の誘いを断り続けたのである。

何日かして沙羅が日課の朝の薬草の世話をしていると、鳴伊に手が空《あ》いたら後宮の薬室に来てほしいと頼まれた。

珍しいことではない。筆頭専属薬師となってからも、鳴伊は沙羅の目利《めき》きの腕や知識を頼りにしていた。

だが、この日の用件は沙羅の予想とは違っていた。

「沙羅姉様、このところ、夜に竜帝様のお部屋に行かれていないとお聞きしていますが、喧嘩《けんか》でもなさったのでしょうか」

薬室に入るやいなや投げかけられた問いに、沙羅はぎくりと肩を震わせた。

「喧嘩なんて、してない、よ？」

返答がしどろもどろになってしまう。これでは何かあると言っているようなものだ。

「ですよね。朝餉を一緒にとっていらっしゃるご様子では、特に喧嘩をされているようではありませんでした」

うんうん、と沙羅が頷《うなず》く。

「しかし、就寝前のお茶の時間は全く行かれなくなりましたね。一体どうなさったのですか」

「今までだって部屋に行かない日は何度かあったよ」

「何度か、でしょう？　それが急にぱたりと行かれなくなってしまわれました。もしかして、竜気の影響でございますか？」

鳴伊が眉を下げた。

初夜を迎えたのだから、沙羅はもう竜気の影響は受けないはずだ。

だが、それはあくまでも伝承上の話。実際には竜気が体の負担になっているのではないか、と心配しているのだった。

「違う違う。竜気は平気。全然辛いと思ったことはないよ」

沙羅は大げさに手を振った。

鳴伊を心配させるのは本意ではない。

夜に竜帝の私室に行くと竜帝に求められてしまうだろうから、つい足が遠のいているだけなのだ。

竜帝に部屋に来てほしいと頼まれても、のらりくらりとかわしていた。

もちろん、沙羅の部屋に行きたいという頼みも断っている。

「では――」

鳴伊は言いにくそうに一度言葉を切った。

そして、ぐっと低くした声で沙羅に問いかける。

「竜帝様って、そんなに下手なの……？」

「なっ⁉」

聞き逃さないよう耳を近づけていた沙羅は、大きく仰《の》け反《ぞ》った。

「だって、初夜の少し後からでしょ、沙羅姉様が部屋に行かなくなったのは。竜帝様が下手すぎて、もうこりごりだってことなんじゃないの？」

沙羅は真《ま》っ赤《か》になった。

鳴伊の口調が以前のように砕けていることが、余計に羞恥心《しゅうちしん》をあおる。筆頭専属薬師の仕事としてではなく、個人的に心配されているのがわかってしまって。

姉妹のように育ってきた従妹《いとこ》に夜のことを心配されるのは堪《たま》らなく恥ずかしい。

「そういうんじゃないから！　ちょっと仕事が忙しかったりして、早く寝たいなって思う日が続いただけで！　全然！　そう、全然、竜帝さまは関係ないから！」

不自然なほどに力一杯、沙羅は否定した。

「ほんと、そういうんじゃないからねっ！　あ、私、そろそろ行かなくちゃ！　きょ、今日はちゃんと行くから！」

沙羅は言いたいことだけを言って、大慌てで薬室を出た。

その日の夜、沙羅は宣言通りに、竜帝の私室の前で、茶の準備をした盆《ぼん》を持ったまま立ち尽くしていた。

扉の両脇には衛兵が控えている。

彼女らによって、沙羅が来たことは鳴伊の知ることとなるだろう。

仕方がない。沙羅も延珠の行動を把握していたのだから。

延珠を迎えた当初はそんなことはなかったのだが、子が出来ない期間が長く、支援をしているうちに把握するようになったのだ。

沙羅は長いため息をついてから、部屋へと足を踏み入れた。

「沙羅！」

寝台の上で書物を読んでいた竜帝は、沙羅を目にするなり、喜びの声を上げた。

盆を取り上げ、沙羅を長椅子へと促《うなが》す。

竜帝は沙羅が座ると、茶を淹《い》れ始めた。

沙羅と想いが通じてから、竜帝はこうして手ずからお茶を淹れてくれるようになった。

「美味《おい》しいです」

淹れてもらった茶を飲んで、沙羅は息をついた。

竜帝は向かいの席に座って、二人で穏やかに会話をする。

延珠のように四六時中側《そば》にいたいなどと無茶《むちゃ》は言っていないし、沙羅もそこまでは思っていないので、食事のたびに薬を持って行っていた筆頭専属薬師時代から比べれば、会う機会は少なくなった。朝餉の時にしか顔を合わせない日さえある。

となれば、毎晩のこの時間は竜帝とゆっくりと話せる貴重な時間なわけで、こうして会いに来てみれば、楽しく幸せな気持ちになった。

茶を飲み終え、しばらく話を続けた後、竜帝が沙羅の隣に座り直した。

そして、沙羅を優しく抱き寄せる。

「沙羅、今夜こそは一緒にいてくれないだろうか」

「嫌です」

「初夜から一度も肌に触れさせてくれないだろう。そんなに嫌だったか……」

「嫌ではありませんでした」

逆だ。正直とても気持ちがよかった。

だが、したら最後、昨夜はお楽しみだったようですね、という目で見られるのだ。いや、そんな目では見ていないのだろうが、見られていると思ってしまう。

いっそあれから毎夜していればそれほど恥ずかしくなかっただろうに、変に間を空けてしまったがために、余計にしづらくなっていた。

鳴伊に言われたその日のうちにというのも気が引ける。

「……少し暴走してしまったことは申し訳なかったと思っている。沙羅があまりにも可愛くて、我慢が利《き》かなかった」

暴走？

沙羅は首を傾げた。

竜帝はとことん優しく、ずっと沙羅を気遣ってくれた。独りよがりな行為など全くなかったと思う。夢の中にいたようではっきりとは覚えておらず、比較対象はないのだが、少なくとも鳴伊が心配していたようなことはない。

「今度は優しくする。絶対に。だからもう一度受け入れてくれないだろうか」

竜帝が眉を下げて悲しそうな顔をしたので、ぐっと沙羅の気持ちが動きそうになった。

しかし、そういう問題ではないのだ。

するのはいい。むしろしたい。互いに唯一無二だと感じられるあの幸福感は何物にも代えがたい。

が、恥ずかしいのだ。これぱっかりはどうしようもない。

そう、沙羅が逃げていると——。


「姉様、おめでとうございます！　ご懐妊です！」

「へ？」

月のものが遅れていると思い、鳴伊に診察をお願いしたところ、満面の笑みでそんな返事が返ってきた。

なんとまだ一度しかしていないのに、妊娠してしまったのだ。竜の繁殖力、恐るべし。

自分で伝えるから、周りにも絶対に絶対に言わないでくれと沙羅は鳴伊に頼んだ。鳴伊も、わかってます、と約束してくれた。

そのまま、言わなきゃ言わなきゃと思いつつ、三日たってしまっていた。

「沙羅は今日も戻ってしまうのだな」

部屋に戻る時間になって、竜帝が沙羅の肩を抱き寄せた。もはや断られるのを前提としている。

「もう少しいます」

沙羅は今日こそは竜帝に言うと決めていた。

「ではっ」

竜帝がぱぁっと顔を明るくする。

「いいえ、しません。今日は竜帝さまに大事なお話があります」

真剣な顔で沙羅が告げると、竜帝の顔がさっと青くなった。ふるふると顔を左右に振る。

「嫌だ……沙羅……やめてくれ。愛している。愛しているのだ。沙羅のためなら何でもする。もう夜を共にしたいなどと言わないから。側にいてくれるだけでいい。だから、どうか、どうか……離れるなどと言わないでくれ……」

「何の話です？」

意味がわからない、という顔をした沙羅に、竜帝はぼそぼそと話し始めた。

どうやら、沙羅が応じてくれないと清伽《せいか》に相談したところ、しつこく迫ると嫌われますよ、と言われたらしい。それで、改まって話があると沙羅に言われ、別れ話だと思ったようだ。

「違いますよ。離れることなんて考えてません」

「本当か？」

「本当です。――少なくとも今は」

復活しかけた竜帝が、また眉を下げた。

「でも私、しばらく竜帝さまのお誘いにお応えすることはできません」

「沙羅がしたくないと言うのなら我慢する」

しょんぼりと言う竜帝を前にして、沙羅は大きく息を吸った。少しだけ呼吸を止めて、吐き出す勢いで、ずっと温めていた言葉も一緒に吐いてしまう。

「赤ちゃんが出来ました」

竜帝は固まった。以前沙羅が想いを受け入れた時のように。

「……」

「竜帝さま？　喜んでくれないんですか？」

「………それは、それは本当にわたしの子か？」

「刺しますよ？」

なんてことを言うのか。一度刺されておきながら学習していないらしい。

まあ、竜帝の花嫁となって以降も、沙羅は後宮に閉じこもることなく宮廷で働いていたわけで、しようと思えばいくらでもそういう機会はあった。疑われても潔白を証明することはできない。

「触っても？」

「どうぞ」

竜帝が沙羅の下腹部に手を添えた。その上に、沙羅が手を重ねる。

すると突然、竜帝の目から涙がこぼれた。

「え、ちょ、どうしたんですか？」

沙羅がその涙を拭《ぬぐ》ってやると、竜帝は熱に浮かされたように口を動かした。

「わたしの子だ……間違いない……」

「だからそう言ってるじゃないですか」

「竜気がある」

「竜の子ですからね」

竜帝が沙羅に抱きつき、肩口に顔をうずめた。

「沙羅、わたしの魂の片割れ。唯一の花嫁。ありがとう……」

沙羅はその頭を優しく撫《な》でた。

「というわけで、しばらくお応えできません」

「当然だ！」

竜帝ががばりと体を離した。

「安静にしてなければならぬ。ほら、今日はここで寝るといい。何もしないから」

「いえ、戻りますよ」

「心配ならわたしが出て行く」

「心配はしてませんけど」

竜帝は沙羅を抱え上げて寝台の上に寝かせ、布団を掛けた。自分はその脇に跪《ひざまず》いて沙羅の手を握っている。

「明日から仕事は休め。筆頭薬師は知っているのか？　滋養のある物を用意させなければならないな。赤子には何が必要なのだ？　服は当然として――」

「竜帝さま、気が早すぎです。生まれるのはまだまだ先です」

「準備しておくに越したことはない」

「それにしたって早すぎですから」

くすくすと沙羅は笑った。

その目を、竜帝が見つめる。金色の瞳に、また涙が浮かんだ。

「沙羅、もう一度言う。ありがとう……」

「私はちゃんと竜帝さまの魂の片割れでしたね」

「今さら何を言う」

「竜帝さまが喜んでくれてよかったです」

「当たり前ではないか」

竜帝は沙羅の額に口づけた。


仕事を休めと幾度となく口にする竜帝に、少しくらい動いた方が母体にも胎児にもいいから、と返して仕事を続けるつもりの沙羅だったが、竜帝のみならず白家までもが反対し、仕事を取り上げられてしまった。

白家の女性はみな出産ぎりぎりまで仕事をし、元気な子を産んでいるというのに。

つわりの時期は物が食べられず、薬の匂《にお》いにも敏感になって仕事どころではなかったのだが、それを過ぎてしまうと、沙羅は暇になってしまった。

警備の厳重な後宮から出てはいけないとも言われており、門兵も出してはくれない。

仕方なく散歩でもしようかと中庭に出れば、女官たちがぞろぞろとついてくる。

あれほど冷たく当たってきた彼女たちだったが、沙羅が本当の花嫁だとわかってからはさすがに態度を改めたのだった。

そうやって過保護に扱われていると、切立花を採りに行く時期がやってきた。

筆頭専属薬師を辞した後も、沙羅は切立花の採取だけは続けていたから、これぱかりは当然行くものだと思っていた。

久しぶりに後宮の外に出られると楽しみにさえしていた。

だが、採りに行きたいと言うと、竜帝にすげなく却下された。

「駄目だ。万が一落ちたらどうするのだ」

「妊娠してなくても落ちたら大変なんですけど。それに、竜帝さまは絶対に私を落としたりしませんよね？」

「それはそうなのだが……。それでも駄目だ。子が生まれるまでは沙羅は連れて行かない」

「私が行きますのでご心配なさいませぬよう。沙羅姉様ほどではありませんが、目利きの腕も上がってきたと自負しております」

鳴伊も沙羅が行くことに反対した。

二人がかりでこられると、沙羅も受け入れるしかない。

鳴伊を鍛《きた》えるにはいい機会なのかもしれないと思い直す。もし沙羅の身に何かがあれば、これからは鳴伊が切立花を採っていかなければならないのだから。

「じゃあ、竜帝さま、鳴伊をお願いします」

「とんでもない！」

竜帝に鳴伊を託すと、鳴伊が声を上げた。

「畏《おそ》れ多くも沙羅姉様を差し置いて竜帝様のお背中に乗せていただくなど。私は足で採りに行って参ります」

「そんなの気にしないで」

「わたしも構わないが」

「それだけは何卒《なにとぞ》ご容赦《ようしゃ》を」

鳴伊が床に額をこすりつけて固辞したので、沙羅もそれ以上は言わなかった。

「なら、鳴伊が不在の間は私が薬室にいるね！」

「いえ、代理は用意いたしますので、そちらのご心配もなさらぬよう」

仕事ができると喜んだのもつかの間、それも却下されてしまった。

そんなふうに、竜帝と白家の総意による過保護はその後も続き、沙羅は大人しく部屋で赤ん坊の靴下などを編んで過ごした。

そして、いよいよその日がきた。

沙羅は竜帝と日課の夜の茶の時間を過ごしていた。来させては沙羅の負担になるから、と場所は沙羅の部屋に移っていた。

すぐそこなのに、と思いつつも、くつろいだ状態でそのまま眠れるのはそれはそれで楽でいい。

と、突然、強い痛みが沙羅を襲った。

「っ！」

「どうした⁉」

お腹《なか》を押さえて痛がる沙羅に、竜帝が悲鳴を上げる。

「鳴伊を……」

それだけ言って、沙羅はまた歯を食いしばった。

「筆頭を呼べ！　今すぐ！」

竜帝が扉を開けて叫ぶと、扉の外にいた衛兵が走っていった。

すぐに鳴伊が駆けつける。

「姉様っ！」

鳴伊は部屋に入って沙羅の様子を見るなり、一緒に来た女官に指示を飛ばした。

「布とお湯を持って来て！」

「沙羅は大丈夫なのか⁉ まさか腹の子に何か……！」

「問題ございません。陣痛です」

「陣痛⁉」

竜帝は目を丸くした。待望の子がついに生まれるのだ。

「お手を貸していただけますか？」

「何でもする！」

「沙羅姉様を寝台へ」

竜帝は大事そうに沙羅を抱え上げると、沙羅を寝台へと優しく寝かせた。

「他に何をすればいい⁉」

「ご退出願います」

「何？」

「ここからは女の戦いです。竜帝様はどうぞ外でお待ち下さい」

「いや、わたしもここにいる。沙羅が苦しんでいるのに離れてはいられない」

「なりません。どうぞ部屋の外へ」

「竜帝さま、大丈夫ですから……」

沙羅が弱々しく笑うと、兵士が竜帝の腕を両脇からつかみ、部屋の外へと引きずっていった。

彼女たちも女なのだ。お産の知識はある。もちろん男子禁制であることも知っている。

「沙羅っ！」

竜帝の目の前で、扉がむなしく閉じる。

そこからは痛みとの戦いだった。

最初の陣痛が治まった後も、次の陣痛が波のように押し寄せる。

その間隔が徐々に短くなっていき、ついに赤子の頭が下りて来た。

「いきんで下さい」

「んーっ!!」

何度かそれを繰り返す。

死んでしまうかと思われるような痛みに耐えていきんでいると、急にするりと痛みがなくなった。

息をつくと同時に、赤子の元気な泣き声が聞こえてきた。

「姉様っ！　立派な男の子です！」

鳴伊は布で拭った赤子の顔を見せた後、ひっくり返して背中を見せた。

「本当に竜の子なんだ……」

生まれたばかりの我が子を見せられて、沙羅は呟いた。

元気に泣いている男の子の閉じたままの目の色はわからなかったが——背中には少しだけ小さな黒い鱗がついていた。

「沙羅っ！」

ようやく入室を許された竜帝が、部屋に飛び込んできた。

そして、やつれた沙羅とその横で泣いている赤子を見て涙を流した。

「体は大丈夫か？」

「めちゃくちゃ疲れてますけど大丈夫です」

「無事でよかった……。わたしの子を産んでくれてありがとう」

「竜帝さまは私に似て泣き虫になっちゃいましたね」

「これが泣かずにいられようか」

「ちゃんと竜の子でしたよ」

「当たり前だ。わたしと沙羅の子なのだから」

竜帝は震える手で赤子の頭を撫《な》でた。その途端、ぴたりと赤子の泣き声がやむ。

小さく開いた目は、竜帝そっくりの黄金色をしていた。

終章　父上とのやくそく

「父上、父上」

「何だ」

「母上はいつもお外でなにをしているのですか？」

「沙羅《さら》か？　沙羅はわたしのための薬の材料を採りに行っている」

「父上のための？」

「そうだ」

「母上はぼくがけがをした時にもおくすりをくれます」

「それは、わたしのために作った薬の余りだ」

「ぼくのためのおくすりではないのですか？」

「わたしのための薬だ。沙羅にとって一番大切なのはわたしだからな」

「母上は、ぼくのこともたいせつだと言っていました」

「それでも一番はわたしだ。沙羅はわたしの花嫁なのだから」

「母上……」

「どうしたの、羅倶《らぐ》」

「父上が、母上が一ばんたいせつなのはぼくではなくて父上だと言っていました」

「竜帝さま……子ども相手に何言ってるんですか……。そんなことないよ、羅倶。私は竜帝さまも羅倶もどっちも同じくらい大切に想《おも》ってるよ」

「でも、母上は父上の花よめだからって。花よめってなんですか？」

「結婚する相手って意味だよ」

「ぼくも母上とけっこんしたいです」

「それはちょっと難しいかな。私は竜帝さまと結婚しちゃったから」

「父上だけずるい。ぼくも母上とけっこんします」

「ふふっ。いつまでそう言ってくれるかな」


「父上、ぼくとけっとうしてください」

「突然何を言うのだ」

「ぼくは父上にかって母上とけっこんします」

「ふむ。沙羅を賭《か》けての決闘か。そう言われてしまえば受けないわけにはいかないな。来い」

「えいっ、えいっ」

「全く効かないぞ。次はわたしの番だな」

「いたっ。う、うっ、うわぁぁぁぁぁんっ!!」

「額を指で弾《はじ》かれただけで泣くとは、これでは沙羅はやれんな。諦《あきら》めろ」


「羅倶、どうしたの!? おでこが赤くなってる!」

「父上とけっとうしました」

「竜帝さまがやったの!? もうっ。おいで、お薬を塗ってあげるから」

「母上は、父上とけっこんしてしあわせですか?」

「もちろん。竜帝さまと結婚できて、羅倶が生まれてきてくれて、私は幸せだよ」

「そうですか……」

「父上、母上とけっこんするのはあきらめます」

「そうか」

「母上は、父上とけっこんできてしあわせだと言っていました」

「そうか、沙羅が幸せだと言っていたか」

「ぐすっ」

「そんな顔をするな。お前にもいつか花嫁が現れる」

「ぼくにも？」

「そうだ。それまでは二人で沙羅を幸せにしよう」

「わかりました。やくそくします」

「ああ、約束だ」

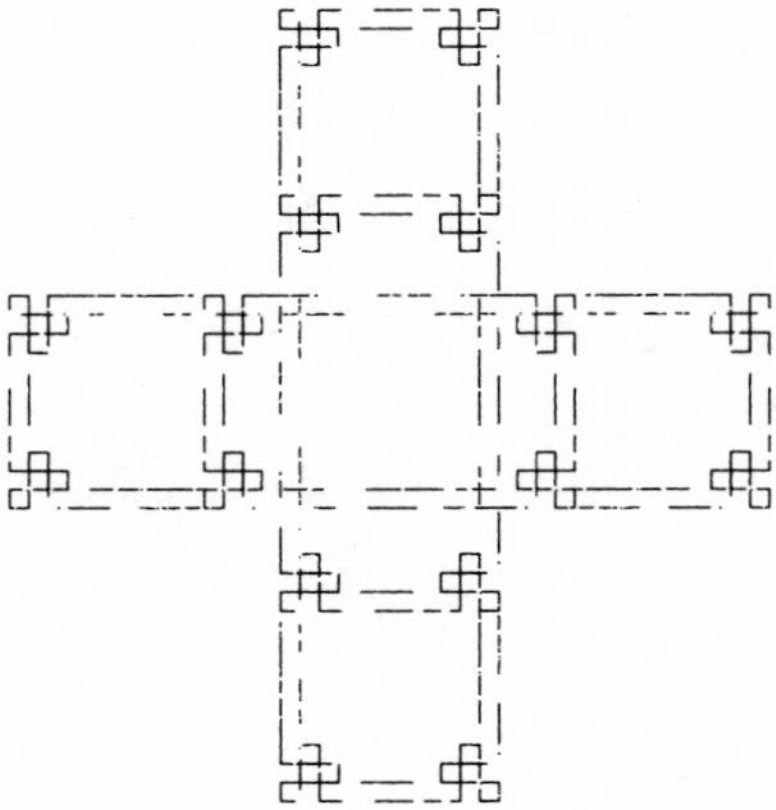

外伝一　竜帝さまと甘い夜

羅倶《らぐ》を寝かしつけた沙羅《さら》は、衝立《ついたて》の向こうから出てきて、寝間着姿で長椅子《ながいす》に座っていた竜帝の元へ歩み寄った。

「早かったな」

「昼間いっぱい遊んだみたいです。ほら、白《はく》家の子が来たから」

普通は世話のほとんどを女官に任せて寝室も別にするらしいのだが、母親に寝かしつけられて育った沙羅は、自分の子どもにもそうしてあげたいと思っていた。昼間は仕事で一緒にいられないから、この時間は母子の貴重な触れ合いの時間だ。

「今夜はゆっくりできるか」

「そうですね。あ、お茶でも淹《い》れますか」

「沙羅」

竜帝は立ち上がった沙羅の手をつかみ、沙羅を引き留めた。

「どうしました?」

「いや、その……」

沙羅が振り向いて聞くと、竜帝は視線をさまよわせた後、期待するような目で沙羅をじっと見つめた。

「まさか間食がしたいんですか? いくら太りにくい体質だからって、あまり遅くにおやつを食べるのは良くないですよ」

「そうではない」

座り直した沙羅に、やはり意味ありげな視線を向けてくる。

「最近ずっと何か言いたそうにしてません？　何か隠してるんですか？」

「隠し事などない」

「じゃあ何なんです？」

「その……あの……」

竜帝が言いよどむ。

「好きな人でもできたんですか？」

「それはない！」

「しっ、声が大きいです。羅倶が起きちゃいます」

突然大きな声を上げた竜帝を注意して、沙羅は耳を澄ませた。泣き声は聞こえない。起こしてはいないようだ。

「すまん。だが、沙羅がとんでもないことを言うから……。沙羅はわたしの想《おも》いを疑っているのか？」

「ただの冗談ですって。私が竜帝さまの魂の片割れだってことは疑いようがありません。羅倶もいるわけですし」

「沙羅は、わたしの想いを受け入れてくれると言った時、魂の片割れだからではなく、わたしが沙羅を好きなら、と言っただろう？」

「そうですね。そんなようなことを言ったと思います」

「わたしは沙羅が好きだ」

「知ってますけど？」

沙羅は首を傾《かし》げた。沙羅の中では、竜帝に想われているというのは、自分が竜帝の魂の片割れであるという事実と同じくらい、確信を持って言えることだった。

「沙羅はわたしが好きか？」

「好きですよ」

思い切ったように聞いてきた竜帝に、沙羅は眉《まゆ》を寄せた。普段面と向かって言うことはないけれど、その気持ちは伝わっていると思っていた。

「ならば……」

またも竜帝が言いよどむ。

「もう、何なんですか。はっきり言って下さい」

責める色が乗った沙羅の声に、竜帝は一度息を詰め、そして絞り出すように言った。

「沙羅に触りたい」

苦しそうな顔だ。

「どうぞ？」

沙羅が竜帝に手を差し出した。

手を繋《つな》ぎたいのであれば繋げばいいのだ。何を今さら。

「そうではない」

竜帝は沙羅の手を取ると、その手にもう一方の手を重ねた。

「沙羅の体に触れたい」

「体に？　――ええ!?」

驚きの叫び声を上げてしまい、沙羅は空《あ》いている方の手で口を覆った。羅俱は……大丈夫なようだ。

ちょっと待って。え、触りたいって、つまり、そういう意味？　いやいや、育児で疲れているだろうから、って肩を揉《も》んでくれたりする可能性も……。

「驚くことではない。わたしは沙羅が好きなのだ。触れたいのは当然だろう」

やっぱりそっちだった！

「え、ちょ、ちょっと待って下さいっ。そんなの、急に言われてもっ」

「沙羅が疲れているのはわかっている。だが、わたしももう限界だ。最初の一度きりしかしていない」

「そうですけどっ」

沙羅が竜帝と生を共にすると決めて体を重ねたあの日の後、沙羅は竜帝の誘いを断り続け、そうこうしている間に妊娠が発覚した。それ以来竜帝とはそういったことは一切なかったのだ。

竜帝の手が沙羅の顔に伸びてきて、優しく頬を撫《な》でた。

「沙羅、わたしのことを想ってくれているのなら、今一度わたしを受け入れてくれないだろうか。最後までできなくてもいい、沙羅に触れたい」

切望するように言われて、沙羅の胸がきゅぅっと痛くなった。と同時に、そんなにも想われているのかと思い、余計に恥ずかしくなる。

「ちょ、ちょっと待って下さいっ」

「わたしとするのは嫌か？」

「嫌ではないですっ。嫌ではないですけどっ、急すぎてっ」

じりっ、と竜帝から離れるように座る位置をずらした沙羅の腰を、竜帝が引き寄せた。

「ままま待って下さいっ」

「沙羅」

体を密着させてくる竜帝の胸を両手で押して制止しようとしたが、竜帝は沙羅を抱え上げると、自分の膝《ひざ》に乗せてしまった。

「竜帝さまっ」

ばたばたと暴れて逃げようとする沙羅を、竜帝はしっかりと抱き締めて逃がさない。

「沙羅」

沙羅の顔に、ちゅっと口づけが落とされた。

「沙羅。好きだ。沙羅が欲しい」

続けて目尻や耳元にも口づけが降ってきた。その合間にささやく声は、初めての時と同じくらい甘くて、沙羅はその時のことを思い出してしまった。

「なぜ顔を隠す」

居たたまれなくなって顔を覆った沙羅の両手を、竜帝が優しく引きはがした。

「どんな顔したらいいのかわからないんです」

「恥ずかしがる沙羅も可愛《かわい》いな」

「私もう可愛いって歳《とし》じゃありません」

「何を言う。今でも沙羅はとても可愛い」

竜帝は恥ずかしがる沙羅の顔に手を添えて、口づけをした。仕事に行く時や、寝る前にするような軽いものではなかった。

「んんっ」

ぞわりと背中に快感が走った。体に竜気が入ってきて、幸せな気持ちが広がっていく。

沙羅の手が竜帝の寝間着をぎゅっとつかんだ。

はぁ、と吐息を漏らして竜帝が口を離した時には、沙羅はくたりと竜帝に体を預けていた。そんな沙羅を、竜帝は強く抱き締め、髪に口づけを落とす。

体は密着しているのに、温《ぬく》もりが足りていないような寂しい感じがした。どうすれば満ち足りるのか、沙羅は知っている。

「沙羅、いいか？」

「はい……」

竜帝はうわごとのように応じた沙羅を抱き上げた。

寝台まで運ばれていき、そっと横たえられたところで、沙羅ははっと我に返った。

「やっぱりやめましょう！　ね、竜帝さま、今日はやめて、今度にしましょ？　ほら、そこに羅倶もいますしっ」

早口で言った沙羅に、竜帝は困った顔をした。

「すまないが、もう止まれない」

竜帝は沙羅の頭を抱えるようにして、先ほどよりも深い口づけを始めるのだった。


翌朝。

目が覚めた沙羅は、片肘《かたひじ》を突いてにこにこと沙羅を見ている竜帝を、きっと睨《にら》みつけた。

若干涙目だ。

「最後までしないって言ったじゃないですかっ、それを、あんなっ、あんな……っ！」

昨夜の出来事を思い出して、沙羅は真っ赤《まか》になった。初めての時は夢うつつだったが、今回はしっかりと覚えていたのだ。

同じ部屋に羅倶もいたというのに。

「沙羅が可愛いのが悪い」

嬉《うれ》しくて堪《たま》らないといった様子で竜帝は沙羅の額に口づけをした。

「もう、私は怒ってるんですよ！」

ぷいっと沙羅は向こう側を向いた。寝間着を着ていないことに気づいて、慌てて布団を引き上げる。

その体に、竜帝が腕を回した。

「沙羅、わたしを受け入れてくれてありがとう。これでまたしばらくは我慢できる」

「え？」

沙羅は驚いて竜帝に向き直った。金色の瞳がすぐ近くにあった。少し寂しそうだ。

「沙羅は嫌なのだろう？　無理を言ってすまなかった」

「私、嫌ではないって言ったじゃないですか。昨日は、だからちょっと、いきなりで、心の準備ができてなかっただけで……」

「沙羅もしたいと思ってくれているのか？」

そうはっきりと聞かれると答えにくい。沙羅の顔が赤くなった。

「ま、まあ、竜帝さまがしたいって言うなら？　応じてあげてもいいかなって」

しどろもどろになりながら沙羅が言うと、竜帝は目を丸くした後、その瞳をきらりと輝かせて、すっと目を細めた。

「そうか」

もぞっと竜帝の手が布団の中で動いた。

「ちょっ⁉　今すぐいいとは言ってないですっ！　もう起きないとっ」

「まだ時間はある」

「羅倶だってそろそろ起きますって！」

「まだ起きていない」

「え、やっ、ちょっ、やっ、あ……っ」


この後しばらくして、なかなか起きてこない三人を心配した女官がやってきて、竜帝に愛されてぐったりとした沙羅とツヤツヤとした竜帝を発見し、沙羅は居たたまれない思いをすることになった。

外伝二　竜との盟約

竜は退屈に飽いていた。

両親への反発心で家を飛び出して下界に降りてみたものの、目新しかったのは最初だけで、すぐに興味を失ってしまった。飛べない人間が移動手段として馬や牛を活用している以外、下界はさして天界と違いはなかった。

しかし、二度と家には帰らないと啖呵《たんか》を切って出てきてしまった以上、たかが数年で天界に戻るのも気が引けた。天界に昇れば最後、すぐに両親まで伝わってしまうだろう。異郷でやっていけずにすごすごと戻ってきたと思われるのは癪《しゃく》だ。

幸い、竜の姿でいれば食料には不自由しなかった。竜は最強の生き物だ。狩りをするなど造作もない。悪天候の中に野外で眠ることにも問題はなかった。

ふらふらと下界を彷徨《さまよ》った後、高い山の上に居を構えることにした。周囲の町村では天界へ通ずると言われる高峰で、竜の姿を人間に見られる心配がないのが気に入った。こちらが何の危害も加えていないというのに、人間たちは竜を目にすれば討伐隊を組んで襲ってくる。針で突《つつ》くほどの痛みすらないとはいえ、槍《やり》で突き回され眠りを妨げられるのはうんざりだった。

人の姿でも過ごせるよう簡素な住処《すみか》を作り、時折獲物を麓《ふもと》の村で交換しながら何年か暮らした。

雲より高い頂は常時快晴で、微睡《まどろ》みながら日光で鱗を温めるのを日課にしていた竜は、その日も竜の姿で丸くなっていた。

鳥すら飛来しない場所に、まさか己《おのれ》以外の生物が現れるとは思わず警戒を解いていて、気づけばその気配はすぐ側《そば》にあった。

息も絶《た》え絶《だ》えに膝《ひざ》を突いているのは男だった。

その瞳の色は黒く、竜でないことは一目瞭然だ。

「何用だ」

竜は首を持ち上げることなく気怠《けだる》げに訊《たず》ねた。

単身武器も持たずにいるのを見ると、討伐に来たわけではないらしい。であるならば、ただ高峰の山頂へ挑んだ結果なのだと見当がつき、それを確かめるためだけの問いだった。

男ははっと目を見開くと、荒れた大地に額をつけた。

「白佳陵《はくけいりょう》と申します。この国の玉座に座る者です。竜殿へ陳情があり参りました」

「陳情だと?」

まさか自分に用があるとは思わず、竜は聞き返した。己が山頂に棲《す》み着いたことを人間たちは知っていたのか。

それに、今この男は玉座に座る者と言っていた。この山が属するのは確か帝国だ。ならば皇帝というわけだ。

男は柔和《にゅうわ》な顔立ちで、体格から武芸に秀でているようではない。統《す》べる者特有の覇気もなく、とても一国の主《あるじ》には見えなかった。

偽物だろうか。しかし、ここで虚言を弄《ろう》する意味は。皇帝と名乗れば言うことを聞くと踏んだにしては、謙《へりくだ》り過ぎている。

竜が訝《いぶか》しんでいると、男は顔を上げた。

「どうかこの国をお救い下さい。隣国の侵攻に遭い、民が蹂躙《じゅうりん》されております」

「断る」

事情も聞かぬままに、竜は無碍《むげ》なく拒否した。

「人間たちの争いには関与しないと決めている」

同族で殺し合うなど愚の骨頂だ。人間の間でなぜ争いが絶えないのか理解不能だった。そのような愚かな行いには関わりたくない。

「侵略された土地では女子どもまで虐殺されました」

「わたしの知ったことではない」

気の毒だとは思うが、それは竜が加勢する理由にはならなかった。

「何卒《なにとぞ》、何卒お願い致します。どうかお力をお貸し下さい」

「くどい」

竜は首を伸ばして鼻先を男に近づけると、鼻息をその後頭部へと掛けた。脅せば逃げ帰ると思ったのだ。

だが、男は逃げなかった。それどころか顔を上げ、かちかちと歯を鳴らしながらも、竜の金の目を見つめ返した。岩に擦《こす》りつけていた額には、血が滲《にじ》み出ている。

「私にできることなら何でも致します。命も差し出す覚悟で参りました」

「ならば、この場でお前を食ってしまおうか」

竜は大きく口を開けた。鋭い歯が男の前に曝《さら》け出される。

「民を救って下さるのなら」

今度こそ怖じ気《おけ》づくだろうと思われた男は、しかし僅《わず》かに頭を引いたものの、歯を食いしばり、恐怖に揺れる瞳は金の両眼から逸《そ》らされなかった。並大抵の胆力ではない。

なるほど、皇帝と言うのもあながち虚言ではないらしい。

「人間など食うものか」

竜は首を引き、辟易《へきえき》として答えた。攻撃には反撃するが、食すことはない。

「では、何がお望みでしょうか。金品でしょうか。帝国にある物であれば何なりと。なければ必ず探して参ります」

「要らぬ」

「如何《いかが》すればお聞き入れ下さいますか」

「何を以《もっ》てしても聞き入れはせぬ。諦《あきら》めろ」

「お聞き入れ下さるまでは、ここを動きません」

「好きにしろ」

竜帝は上げていた首を翼の上へと落とし、昼寝を再開した。放っておけば音《ね》を上げて下山するだろう。

だが、竜の予想に反して、男は一向に諦めなかった。

叩頭《こうとう》した姿勢のまま微動だにせず、その場に留《とど》まり続けたのだ。

その間、竜はそれまで通りに過ごしていた。狩りに行き、昼寝をし、村へも下りた。

しかし、二日たち、三日たち、四日目に入ると、男の様子が気になり始めた。

水も飲まず、食事も取らず、気温の低い中、震えて過ごしている。冷える夜は一睡もできていないようだった。もう心身共に限界だろうに、決して男は動こうとしなかった。

「そろそろ諦めてはどうだ」

このままでは衰弱死するだろうと、五日目に竜は男に声を掛けた。

「……諦め、ません」

男の声は弱々しく掠《かす》れていた。

「死ぬぞ」

「……聞き入れて下さらなければ、そうなりますね」

男が顔を上げた。

顔色は悪く、唇は乾ききってひび割れており、ひゅーひゅーと細い息が漏れていた。

眼窩《がんか》が落ち窪《くぼ》んでいる。

だが、その目は光を失ってはいなかった。先日と変わらず竜の両眼を見据《みす》えている。

竜は溜《た》め息を吐《つ》いた。自分の負けだ。

「何であろうが差し出すと言ったな」

「……はい」

頭《こうべ》を上げた男の声はもはや囁《ささや》く程度にしか聞こえない。

「では、お前の娘を嫁に貰おう」

伴侶《はんりょ》を得れば、下界での退屈な日々も、少しはましになるかもしれない。

はっと男が目を見開き、その瞳を絶望の色に染めた。

「……恐れながら……私は未婚です……娘はおりません」

「どのみちこれから生まれる娘でなくては意味がない。娘が生まれなければ孫娘を。心配するな、竜の寿命は長い」

「……拝謝、申し上げます」

男が絞り出すように言うと、その上半身はぐらりと傾き地へと倒れた。

死んだかと思われたが、微《かす》かに呼吸音がする。気を失っただけのようだった。

だが、このまま放置していれば、やがて命尽きるだろう。

不本意ながらも、竜は男を寝床へと運ぶと、看病をした。ここで死なれては困る。娘を貰う約束をするのだから。

高熱を出し意識のない男を看《み》るのは骨が折れたが、丸二日寝込んだ男は、なんとか意識を取り戻した。

「……あなた様は？」

目を覚ました男は、枕元にいる人の姿の竜を見て、譫言《うわごと》のように呟《つぶや》いた。

「竜だ」

「……ああ、瞳の色が同じでいらっしゃる。人の姿をとるという伝説は本当だったのですね」

目を丸くした男が、そう言って薄く笑う。

「飲め」

竜は木の器を男に差し出した。

「これは……？」

中に入っていたのは、黄金色に輝く液体だった。力が入らない男の手の震えを受けて、僅かに波打っている。

「わたしの魂の片割れだ。これを受け継いだ娘を貰う。代わりにわたしはお前の国を守ろう」

片割れを宿して生まれた娘は、竜の唯一無二の存在となるという。その話をまるきり鵜《う》呑《の》みにしているわけではないが、それも面白いと思った。

竜の言葉に男は小さく頷《うなず》くと、躊躇《ためら》うことなく液体を飲み干した。

「盟約は成った」

そう言って男の前から姿を消した竜は、三日も経《へ》ずに隣国の侵攻を排した。

花嫁を得るまで二百年余りを要するとは、そしていつしか待ち焦がれることになろうとは、この時は想像だにもしていなかった。

竜帝 ログアディトゥシュサリス

200年前、花炎国の皇帝と盟約を交わして以来、国を守り続ける黒竜。魂を分けた花嫁を探していたが、竜涎香に騙されて偽りの花嫁を迎えてしまう。竜ゆえの性質か慈愛の心が強く、民を大切にして国をまとめているが、沙羅の前では素になるのかヘタレになる。

Character 人物紹介

本来の姿

蒼《そう》延《えん》珠《じゅ》

　果氷国の役人の娘で偽物の花嫁。花炎国を内部より潰すために送られてきたが、彼女自身は次第に自分が本物の花嫁だと思い始める。とてもプライドが高く、自分とは正反対の沙羅に対してコンプレックスがあり嫌っている。

白《はく》沙《さ》羅《ら》

　竜帝専属の薬師の家系に生まれ、若くして筆頭専属薬師を立派に務める腕利き。

　頑張り屋で責任感が強く、失恋をするも仕事とは別と考えられるほど職人気質な部分はあるが、それ故に女性としての感情の出し方に少し不器用な面がある。

白《はく》鳴《め》伊《い》

沙羅の従妹で次期筆頭専属薬師。沙羅を実の姉のように慕っていて、竜帝のことで乙女になる沙羅について鋭く意見できる面もある。

真面目で素直な性格。竜帝を尊敬しているが、竜気の影響から、畏怖の念が強い。

白《はく》香《か》瀬《せ》

沙羅の従兄で薬師から医者に転向した青年。沙羅のことをずっと好きだったが、沙羅が竜帝を想っていることも知っており、自分の恋を諦めている。

結《ゆ》亜《あ》

沙羅の親友。花嫁選定の儀に参加した地方の村娘で、選定あとに女官として宮廷で働く。

妹弟が多く、長姉ゆえか他者への面倒見がいい。

朴《ぼく》清《せい》伽《か》

花炎国の冢宰で、竜帝の右腕的存在の切れ者。普段は物静かで卒なく業務をこなすが、竜帝や沙羅など普段から近しい関係にある人物には感情を見せる面もある。

沙羅の人柄的に、彼女の方が花嫁に相応しいと当初より思っていた人物。

― あとがき ―

カクヨムや他の書籍でお馴染みの方はこんにちは。初めましての方は初めまして。藤浪《ふじなみ》保《たもつ》です。

『竜帝さまの専属薬師』、いかがだったでしょうか。書籍版は、描写を丁寧にしたり、場面の切り替わりをスムーズにしたりと、Web版からかなり加筆修正しました。より楽しんでもらえていたらいいなと思っています。最後の番外編の「竜との盟約」は書籍版オリジナルです。

本作は第七回カクヨムWeb小説コンテストで特別賞を頂き、こうして無事に出すことができました。アンソロジーを入れて通算五冊目、恋愛ものとしては三冊目の書籍です。いやはやありがたい。

初っ端からヒーローにフラれるという展開の本作ですが、書いていて、我ながら無謀なことをしたな、と思いました。プロットを書かずに書き始めたので、ちゃんとラストまでいけるのかヒヤヒヤしてました。結果的には、想定外に（？）上手《うま》くまとまってくれました。沙羅《さら》と竜帝さまがいい感じに動いてくれたお陰です。香瀬《かせ》も中々いい仕事をしてくれました。まさかあの描写が伏線になるとは……！なんて、プロットなしで書くと、作者も展開に驚けるのが楽しかったです。

ご連絡を頂いたときは本当にびっくりしました。溺愛ものが流行っている昨今、まさかこのような作品で受賞するとは思っていなかったですし、そもそも前回のコンテストで落選していたのです。いやぁ、駄目元でもコンテストには出してみるものですね。ワンチャンありました。

そして知らされた編集部の名前も驚きでした。正直、そこからオファー!?　って思いました。しかしこうして振り返ってみれば、頼れる編集者様にも出会えましたし、ホビー書籍様から出せて良かったです。

書籍化の醍醐味といえばイラストですが、見ておわかりの通り、鶏にく先生に、とんでもなく素敵なイラストを描いて頂きました。竜帝さまヤバくないですか⁉　ヤバいですよね⁉　特に切れ長の目の色気がハンパない。目が合うのもとても良い！　これは買うしかない！

黒竜の姿の竜帝さまも格好よく描いてもらいました。沙羅もとても可愛いです。女性苦手って本当ですか？

実は、一度お断りされそうになったところを、もう完全に鶏にく先生のイラストの虜《とりこ》になっていた自分は諦めきれず、「どうしても鶏にく先生にお願いしたいんです！」と編集者様に説得してもらったという裏話があります。承諾してもらえて本当に良かったです。素敵なイラストをありがとうございました。

さて、いつもならここで謝辞に入るところですが、まだページがたくさん余っています。今までこんなに長いあらすじの枠を頂いたことがないので、何を書いたらよいものやら困っています。一ページや二ページに詰め込んだ経験しかありません。どうしたものか。腰の話でもするか。

いろいろな所で書いてきていますが、自分は腰が強いのが自慢です。長時間座っていても全く問題ありません。家の椅子やカフェで長時間座りっぱなしであろうとも、床に敷いた座布団に座ってローテーブルでキーボードを叩いていようとも、びくともしない強靱な腰を持っています。

単に強いだけなのだと思っていたのですが、最近、姿勢がいいね、と言われる機会が増えて気がつきました。そのお陰だと。ちゃんと骨盤で座っているのです。

子どもの頃はひどい猫背だったので、どうして姿勢がいいのだろう、と考えれば、思い当たるのはバランスボールでした。職場で一年ほどバランスボールに座って仕事をしていた時期があり、たぶんあれで矯正されたのだと思います。元々腹筋と背筋は強い方でしたが、さらに体幹が鍛えられ、姿勢も良くなったのでしょう。両足は接地していてOKなので危なくないですし、空気の入れ具合で高さも変えられるので、座り仕事の人にはお薦めです。

それ以外だと筋トレでしょうか。もう五年以上パーソナルジムに通っています。こちらでも体幹が鍛えられているのでしょう。正直とてもお高いのですが、トレーナーさんと次回の予約を決めるので続くのです。普通のジムだと今日は行かなくてもいいかな、と思うところが、予約をしてしまっているので逃げられません。ピアノのレッスンのようなものです。三日坊主の自分にはぴったり。そのときの体調に合わせて強度を調整してくれるのもいいです。常に限界ギリギリを狙ってきます。トレーナーさんは仏の顔をした鬼です（褒め言葉）。

とはいえ、急にジムに通ったり筋トレをしたりするのは難しいでしょうから、まずはバランスボールからどうぞ。安いし座るだけなのでお手軽です。座り仕事なら座るしかないですしね。それに、ぼよんぼよんと跳ねながら考えごとをすると、はかどるらしいですよ。

ただ、油断していると突然くるぞ、と腰痛持ちの方々に脅されているので、慢心せずに腰を大事にしていこうと思います。あまり出勤しなくなってしまったので、まずは家の仕事机に導入することにします。

――ここでやっとページが埋まりましたので、謝辞を。

編集者様、この作品を選んで下さり、ありがとうございました。最初の打ち合わせのときの熱意がすごかったです（笑）。絶対良い作品にしようと思いました。同月発売の他の書籍化作業があり、うまいこと調整したはずなのに、なんだかんだでずれて重なるスケジュールに泣きそうになりながらも、あの言葉に支えられたことで最後まで走りきることができました。たくさんのアドバイスもありがとうございました。いろいろと無茶を言って困らせてしまってすみません。

デザイナー様、素敵なカバーをありがとうございました。自分では何のイメージもなかったのに、出来上がったカバーを見た瞬間、求めていたのはこれだ！　と思いました。

毎度校正者様には頭が上がりません。とても細かくチェックして頂き、自分じゃ絶対に気がつかないな、という所をたくさん直して頂きました。自分でも滅茶苦茶チェックしますが、見つからないんですよねぇ。不思議です。

また、製本と印刷をして下さった印刷会社様にも感謝を申し上げます。

そのほか、本作に関わって下さった全てのみなさま、ありがとうございました。

カクヨムの読者のみなさま、いつもありがとうございます。応援やコメントやフォローや星やレビューにいつも力をもらっています。みなさまのお陰でコンテストの読者選考を通過することができ、こうして本になりました。

そして何より本作をお手に取って下さった読者のみなさま、本当にありがとうございます。楽しんでもらえたら嬉しいです。感想をお待ちしております。そして他の書籍もぜひ！

それでは、またお会いできることを願って。

二〇二三年二月吉日　藤浪　保

竜帝さまの専属薬師

The dragon emperor's personal pharmacist

2023年2月28日　初版発行

著 ——— 藤浪保
画 ——— 鶏にく
発行者 ——— 山下直久
編　集 ——— ホビー書籍編集部
編集長 ——— 藤田明子
担　当 ——— 野浪由美恵
装　丁 ——— arcoinc
発　行 ——— 株式会社KADOKAWA
〒102-8177 東京都千代田区富士見2-13-3
電話 0570-002-301（ナビダイヤル）

印刷・製本 — 図書印刷株式会社

●お問い合わせ
https://www.kadokawa.co.jp/（「お問い合わせ」へお進みください）
※内容によっては、お答えできない場合があります。
※サポートは日本国内のみとさせていただきます。
※Japanese text only

定価はカバーに表示してあります。

本書は、カクヨムに掲載された「竜帝さまの専属薬師」に加筆修正したものです。

ISBN: 978-4-04-737303-7　C0093

The dragon emperor's personal pharmacist